아름다운 고전 세계 단편 명작선

Les étoiles 별

아름다운 고전 세계 단편 명작선

별

Les étoiles

알퐁스 도데 외 지음

박효은 · 정윤희 옮김 | 김지혁 일러스트

인디고 lovecolor indigo

Contents

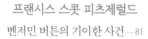

알퐁스 도데
Alphonse Daudet

별

프로방스 지방의 어느 목동 이야기

내가 뤼브롱 산에서 양치기로 지냈을 때 일이다. 당시 나는 마을 사람들과 떨어져 목초지에서 사냥개 라브리와 함께 양을 치며 몇 주씩 지내야 했다. 이따금 약초를 찾으려고 그곳을 지나는 뤼르 산의 수도사들이나 거뭇거뭇한 얼굴의 피에몽 석탄 상인들 몇몇을 보는 것이 고작이었다. 그들을 통해서는 아래쪽 마을과 도시 소식을 전혀 알 길이 없었다. 그들은 사람들과 왕래하지 않는 소박한 생활을 했고, 또 말

도 별로 없었기 때문이다. 그래서 보름마다 보름치 식량을 들고 비탈길을 올라오는 농

장의 노새 방울 소리가 들리고 언덕 위로 미아로(농장 하인)의 쾌활한 얼굴이나 노라드 아주머니의 붉은 머리쓰개가 보이면 나는 무척이나 행복했다. 세례식이나 결혼식 같은 아랫마을의 새로운 소식을 들을 수 있었기 때문이다. 특히 주인집 딸인 스테파네트 아가씨가 어떻게 지내고 있는지가 가장 궁금했다. 근방에서 아가씨보다 예쁜 소녀는 없었다. 나는 관심이 없는 척하면서 아가씨가 댄스 파티나 전야제에 너무 많이 가지는 않는지, 새로 생긴 남자친구는 없는지 등을 물었다. 산중의 가난한 양치기에게 그런 것들이 무슨 소용이냐고 묻는다면 나는 이렇게 대답할 것이다. 그때 내 나이가 스물이었고, 스테파네트 아가씨는 내 평생에서 가장 아름다운 사람이었노라고.

어느 일요일, 기다리던 보름치의 식량이 오지 않았다. 아침에는 '대미사가 있어서겠지.'라고 생각했다. 정오쯤에는 폭우로 길이 나빠져서 노새를 몰기 힘들기 때문이라고 생각했다. 오후 3시쯤 하늘이 개고 물기에 반사된 태양빛으로 산이 반짝거릴 때였다. 마침내 나뭇잎에서 물방울 떨어지는 소리와 불어난 계곡물이 흐르는 소리 사이에서 부활절에 울리는 종소리만큼 명랑하고 활기찬 노새의 방울 소리가 들려왔다. 그런데 노새를 몰고 오는 사람은 미아로도, 노라드 아주머니도 아니었다. 누구인지······맞추어······보시라! 바로 스테파네트 아가씨였다! 폭우가 지나간 시원한 산 공기로 얼굴이 빨갛게 상기된 아가씨가 노새 위의 버들 바구니 사이에 앉아 있었다.

미아로는 아팠고 노라드 아주머니는 휴가를 얻어 자식들 집으로 갔다고 했다. 바로 노새에서 내린 아름다운 스테파네트 아가씨가 이 모든 것을 말해 주었다. 그리고 오는 도중에 길을 잃어서 늦게 도착했다고도 알려 주었다. 그렇게 말하는 아가씨는 꽃리본을 달고 화려한 레이스 무늬의 치마를 입고 있었다. 마치 숲속에서 길을 잃었다기보다 어느 무도회에 갔다 오느라 늦게 도착한 것 같았다. 너무나도 아름다운 스테파네트! 나는 그녀에게서 도저히 눈을 뗄 수 없었다. 이토록 가까이에서 본 적은 정말 처음이었다. 겨울에 이따금 저녁을 먹기 위해 양 떼를 몰고 마을 농장으로 내려가면 아가씨를 볼 수는 있었다. 하지만 그때마다 아가씨는 깔끔하게 치장을 한 채 하인들에게는 거의 말을 걸지 않고 새침하게 지나가 버리곤 했다.

그런 아가씨가 지금 내 앞에 있었다. 오로지 나만을 위해. 그러니 정신이 없을 만도 하지 않는가?

아가씨는 바구니에서 식량을 꺼내고 호기심 가득한 눈으로 주위를 둘러보았다. 그리고는 예쁜 옷이 더러워질까봐 치마를 살짝 치켜올리고 우리 안으로 들어왔다. 그다음 내가 자는 곳, 양가죽을 깐 짚방석, 벽에 걸린 커다란 망토, 지팡이, 화승총을 보고 싶어 했다. 아가씨는 모든 것을 즐거워했다.

"그러니까, 네가 여기서 산다는 말이지? 이렇게 혼자 있으면 얼마나 심심할까! 무엇을 하며 지내니? 무슨 생각을 하고 말이야?"

나는 대답하고 싶었다. '당신을 생각하면서요, 아가씨.'라고. 거짓말은 아니었다. 그렇지만 당황해서 한마디도 대답하지 못했다. 이를 눈치챘는지 아가씨는 나를 더욱 당황하게 만들려고 짓궂게 장난을 쳤다.

"그래, 예쁜 여자 친구가 가끔 널 보러 오기도 하니……? 그러면 정말이지 황금빛 암산양이나 산꼭대기만을 뛰어다닌다는 에스테렐 요정을 보는 것 같겠구나……."

이렇게 말하고는 머리를 뒤로 젖히며 귀엽게 웃고, 나타나자마자 가야겠다고 말하는 아가씨야말로 내게는 영락없는 에스테렐 요정이었다.

"잘 있어."

"안녕히 가세요, 아가씨."

그리고 아가씨는 빈 바구니를 들고 떠났다.

아가씨가 비탈길 아래로 사라지면서 노새 발굽에 채어 구르는 자갈 하나하나가 내 마음속으로 떨어지는 것 같았다. 나는 그 소리를 오래오래 들었다. 그리고 꿈결 같은 시간이 달아날까봐 날이 저물 때까지 그 자리에서 몽롱한 상태로 가만히 서 있었다. 저녁이 되자 계곡 골짜기가 푸르게 변했다. 양들은 울타리 안으로 들어오려고 소리내어 울며 서로 몸을 밀쳤다. 바로 그때, 비탈길 쪽에서 나를 부르는 소리가 들리더니 생글거리던 얼굴은 온데간데없고 물에 젖어 추위와 두려움에 오들오들 떨고 있는 아가씨가 보였다.

언덕 밑에서 폭우로 불어난 소르그 시내를 건너려다 물에 빠진 모양이었다. 설상가상으로 밤이 늦어 농장으로 돌아가기는 어림도 없었다. 지름길이 있기는 하지만 아가씨 혼자서 그 길

을 찾아가기란 힘들었고, 나 또한 양 떼들을 두고 떠날 수 없었다. 산에서 밤을 보내면 가족들이 걱정한다며 아가씨는 안절부절못했다. 나로서는 최선을 다해 아가씨를 안심시키는 수밖에 없었다.

"7월이라 밤이 짧아요, 아가씨…… 그러니 잠깐만 고생하시면 돼요."

그리고 나는 아가씨가 소르그 시내에 흠뻑 젖은 발과 원피스를 말리도록 불을 활활 피웠다. 우유와 산양 치즈도 아가씨 앞에 가져다주었다. 그러나 이 가여운 아가씨는 불을 쬐려고도, 음식을 먹으려고도 하지 않았다. 눈물만 글썽거릴 뿐이었다. 그 모습을 보니 나 역시 울고 싶었다.

밤이 찾아왔다. 해가 저무는 방향에서 안개가 끼기 시작한 산꼭대기에 햇살 한 줄기만 어슴푸레하게 비쳤다. 나는 아가씨가 우리 안으로 들어가 쉬도록 했다. 새 지푸라기 위에 한번도 쓰지 않은 부드러운 모피를 깔고 아가씨에게 안녕히 주무시라고 인사를 한 뒤 바깥으로 나와 문 앞에 앉았다.

사랑의 불꽃으로 피가 들끓는 중에도 내가 나쁜 생각은 눈곱만치도 하지 않았다는 사실을 신께서는 알고 계시리라. 아가씨가 자신을 신기하게 바라보는 양들과 함께 우리 한구석에서 잠잔다고 생각하니 마음이 벅차올랐다. 내가 보호하는 어느 양보다 더 소중하고 순결한 양인 듯 말이다. 그토록 밤하늘이 깊고 별들이 반짝거려 보인 적은 없었다……. 그런데 갑자기 문이 열리더니 사랑스런 스테파네트 아가씨가 밖으로 나왔다. 아가씨는 잠을 이루지 못한 듯했다. 양들이 잠결에 지푸라기를 버석거리거나 소리내어 울었기 때문이다. 그래서 아가씨는 불가로 오는 편이 낫다고 생각한 것 같았다. 다가와서 앉는 아가씨의 어깨에 나는 암염소 모피를 걸쳐준 뒤 불길을 더욱 활활 타오르게 했다. 그리고 우리는 한동안 아무 말없이 나란히 앉아 있었다. 밤을 지새운 경험이 있다면 사람들이 잠드

는 고요하고 적막한 시간에 신비한 세상이 열린다는 것을 알리라. 냇물은 낮보다 한층 청아한 소리를 내며 흐르고, 그 물이 만나는 연못에서 작은 불꽃들이 일렁인다. 산의 온갖 정령들은 자유롭게 노닐기 시작하고, 조용한 가운데서도 나뭇가지가 자라고 풀잎이 돋아나는 소리들이 들린다. 낮이 동물들과 식물들의 세상이라면, 밤은 흙과 돌과 물의 세상이다. 이러한 밤의 세상에 익숙하지 않은 사람들이라면 두려움을 느끼기 마련이다……. 그래서 아가씨도 몸을 떨며 아주 작은 소리만 나도 내게 바짝 달라붙었다. 그런데 저 아래쪽 반짝이는 연못에서부터 길고도 처량한 울음소리가 우리 쪽으로 들려왔다. 동시에 별똥별 하나가 우리 머리 위를 지나 연못으로 떨어졌다. 방금 들은 소리가 빛을 품어 버린 것 같았다.

"저게 뭐지?" 스테파네트 아가씨가 나지막한 소리로 물었다.

"천국으로 들어가는 영혼이에요, 아가씨." 그렇게 대답하고 나는 성호를 그었다.

아가씨도 나처럼 성호를 긋고는 잠시 고개를 들고 깊은 생각에 빠진 채 하늘을 보았다. 그리고 말했다.

"너희 양치기들은 주술사라던데, 그게 정말이니?"

"아니요, 아가씨. 다만 우리는 여기서 별들과 가까이 지낼 뿐이에요. 그래서 평지에 사는 사람들보다 별에서 일어나는 일들을 더 잘 알 수 있죠."

모피를 두른 채 턱을 괴고 마냥 하늘을 바라보는 아가씨는 천상의 작은 목동 같았다.

"이렇게나 별이 많다니! 정말 아름다워! 이렇게 많은 별들은 처음이야⋯⋯. 넌 저 별들의 이름을 알고 있겠지?"

"물론이죠, 아가씨⋯⋯. 자! 바로 우리 머리 위에 있는 것은 '성 야곱의 길(은하수)'이에요. 프랑스에서 스페인 방향으로 뻗어 있지요. 샤를마뉴 대제가 사라센 제국과 전쟁을 할 때 갈리스의 성 야곱이 그에게 길을 알려 주려고 그어 놓은 것이랍니다. 저 멀리 있는 것은 빛나는 바퀴 네 개를 가진 '영혼들의 수레(큰곰자리)'고요. 그 앞을 지나가는 세 개의 별은 '세 마리 짐승'이고, 그 곁에 있는 아주 자그마한 별은 '마차꾼'이에요. 그 주변으로 무수히 흩어져 있는 별들이 보이죠? 그건 신께서 자신의 나라에 들이고 싶지 않은 영혼들이랍니다⋯⋯. 조금 더 아래쪽에 있는 것은 갈퀴 또는 '세 명의 왕(오리온자리)'이고요. 저 별이 우리 목동들에게 시계 역할을 해준답니다. 저는 그 별

을 보기만 해도 지금 자정이 지났다는 걸 알 수 있지요. 조금 더 아래, 남쪽 방향에는 별들의 횃불이라 불리는 '장 드 밀랑(시리우스)'이 빛나고 있네요. 저 별에 대해 목동들은 이렇게 이야기해요. 어느 날 밤, 장 드 밀랑이 세 명의 왕과 '닭장(플레이아데스 성단)'과 함께 친구 별의 결혼식에 초대를 받았대요. 가장 성격이 급한 닭장은 맨 먼저 결혼식장으로 출발했습니다. 저기 하늘을 보세요. 맨 위에 있지요. 세 명의 왕은 아래쪽 길을 가로질러 닭장을 따라갔대요. 그런데 이 게으른 장 드 밀랑이 늦잠을 자는 바람에 너무 뒤처진 거예요. 화가 난 그 별은 그들을 멈춰 세우려고 지팡이를 냅다 던졌대요. 그래서 세 명의 왕을 장 드 밀랑이 던진 지팡이라고도 부른답니다⋯⋯. 그렇지만 이중에서 가장 아름다운 별은요, 아가씨. 바로 우리의 별, 목동의 별이랍니다. 우리가 양 떼를 몰고 나서는 새벽이나 다시 돌아오는 저녁에 우리를 비춰 주는 별이지요. 우리는 그 별을 '마글론'이라고도 불러요. 프로방스의 피에르(토성)를 따라가 7년마다 결혼식을 올리는 아름다운 마글론이요."

"뭐라고! 별들도 결혼을 한다고?"

"그럼요, 아가씨."

그리고 아가씨에게 별들의 결혼에 대해 설명해 주려고 했을 때 싱그럽고 가녀린 무언가가 가볍게 내 어깨 위로 내려앉았다. 리본과 레이스, 구불구불한 머리카락을 살랑이며 기대어 온 것은 잠결에 무거워진 아가씨의 머리였다. 날이 밝아 하늘의 별들이 창백해질 때까지 아가씨는 꼼짝도 하지 않았다. 가슴 깊은 곳의 떨림은 어쩔 수 없었지만 나는 그 투명한 밤으로부터 오직 아름다운 것만을 생각할 수 있도록 보호를 받으며 잠든 아가씨를 바라보고 또 바라보았다. 우리 머리 위로 별들이 양 떼처럼 조용하고 얌전하게 움직이고 있었다. 이따금 이런 생각이 머리를 스치곤 했다. 저 수많은 별들 중 가장 가냘프고 빛나는 별 하나가 길을 잃고 내 어깨에 내려앉아 곤히 잠들었노라고……

마지막 수업

알자스 지방 어느 소년의 이야기

그날 아침, 나는 무척 겁이 났다. 학교에 지각해서가 아니었다. 아멜 선생님이 분사법에 대해 물어보겠다고 하셨는데 아는 게 하나도 없었기 때문이다. 순간 수업에 빠지고 들판이나 쏘다닐까 하는 생각까지 들었다.

무척 화창하고 청명한 날씨였다!

숲가에서는 티티새가 지저귀고, 제재소 뒤편의 리페르 초원에서는 프러시아 병사들이 훈련을 하는 소리가 들려왔다. 나는 분사법보다 이런 것들에 훨씬 더 마음이 끌렸지만 꾹 참고 학교를 향해 재빨리 달려갔다.

시청 앞을 지나는데, 철망을 두른 작은 게시판 근처에 모인 사람들이 보였다. 2년 전부터 패전이니, 징용이니, 독일군 사령부의 명령이니 하는 온갖 나쁜 소식은 바로 이 게시판을 통해 알려졌다.

"또 무슨 일이 일어났나?"

좋지 않은 생각이 들었다. 그래도 달리기를 멈추지 않았다. 그런데 견습공과 함께 게시판을 보던 대장장이 와슈테르 아저씨가 광장을 가로질러 달리는 나에게 큰 소리로 말했다.

"애야, 그렇게 서두를 것 없다. 지각은 하지 않을 테니까!"

나는 아저씨가 놀리는 것이라 생각하고 숨을 헐떡이며 아멜 선생님이 계시는 학교 안뜰로 들어섰다.

평소 수업이 시작될 무렵이면 책상 뚜껑을 여닫는 소리, 귀를 막고 큰 소리로 책을 읽으며 복습하는 소리, 선생님이 커다란 자로 탁자를 치며 "조용히 해." 하는 소리가 거리에까지 떠들썩하게 들린다.

나는 그런 소란함을 틈타 들키지 않고 내 자리에 가서 앉을 생각이었다. 그런데 그날은 마치 일요일 아침처럼 너무나 조용했다. 열린 창문 너머로 차분히 자리에 앉아 있는 친구들과

겨드랑이에 무시무시한 쇠 자를 끼고 서성이는 아멜 선생님이 보일 뿐이었다. 나는 문을 열고 그 고요 속으로 들어가야만 했다. 얼마나 얼굴이 화끈거리고 겁이 났겠는가!

  그런데 이게 웬일인가! 아멜 선생님은 화를 내지도 않고 나를 바라보며 아주 인자하게 말씀하셨다.

"어서 네 자리로 가서 앉거라, 프란츠. 하마터면 너 없이 수업을 시작할 뻔했구나."

  나는 의자를 성큼 뛰어넘어 재빨리 내 자리에 앉았다. 그제서야 두려움이 가시면서 선생님이 주름 잡힌 가슴 장식을 한 초록색 프록코트에 수가 놓인 챙 없는 비단 모자를 쓰시고 있다는 걸 알았다. 선생님은 장학관이 오거나 시상식 날에만 그런 옷차림을 하셨다. 게다가 교실 전체 분위기가 평소답지 않게 엄숙했다. 그리고 평소에는 비어 있던 교실 뒤편 의자에 마을 사람들이 우리처럼 조용히 앉아 있어서 놀랐다. 삼각모를 쓴 오제 영감님, 예전 시장님, 우체부 아저씨 모두들 슬퍼 보였다. 오제 영감님은 가장자리가 해진 낡은 문법책을 무릎 위에 펼쳐 그 위에 커다란 안경을 비스듬히 놓아두셨다.

  내가 이런 모습을 보고 놀란 사이, 아멜 선생님은 교단으로 올라가 조금 전 내게 그랬듯 인자하고 엄숙한 목소리로 말씀하셨다.

"여러분, 오늘이 내가 가르치는 마지막 수업입니다. 알자스와 로렌 지방 학교에서는 이제부터 독일어만 가르쳐야 한다는 명령이 내려왔습니다……. 내일 새로운 선생님이 오실 겁니다. 오늘이 여러분의 마지막 프랑스어 수업이겠군요. 열심히 들어 주길 바랍니다."

선생님의 말씀에 나는 큰 충격을 받았다. 아, 비열한 놈들! 시청 게시판에 쓰인 내용이 바로 이것이었다.

마지막 프랑스어 수업이라니……!

이제야 겨우 프랑스어를 쓸줄 알게 되었는데! 그럼 이제 영영 배울 수 없다는 말인가! 여기서 멈춰야 한다니……! 새 둥지를 찾아 쏘다니고 사르 강에서 얼음을 지치느라 수업을 빼먹은 것이 너무나 후회스러웠다! 조금 전까지만 해도 따분하고 무겁게만 여겨지던 문법 책과 성서가 이제는 헤어지기 싫은 오랜 친구처럼 생각되었다. 아멜 선생님처럼 말이다. 선생님을 다시 볼 수 없다고 생각하니 선생님께 벌을 받고 자로 맞았던 기억이 까맣게 지워졌다.

불쌍한 선생님!

그제야 선생님이 저렇게 차려입은 이유를 알 수 있었다. 왜 마을 어른들이 교실 뒤쪽에 앉아 있는지도 이해가 되었다. 학교에 매일 오지 않았던 과거를 후회하는 것이었다. 또한 40년 간 프랑스어를 가르쳐준 선생님에게 감사를 전하고 사라져 가는 조국에 경의를 표하는 방식이리라······.

그런 생각에 빠져 있을 때, 내 이름이 불렸다. 내가 외운 것을 읽을 차례였다. 이런 날, 분사법을 정확하게 또박또박 읽을 수 있다면 얼마나 좋을까? 나는 민망하게도 처음부터 헤매기 시작했다. 끝에는 고개를 들지 못한 채 몸을 비비 꼬며 자리에 서 있었다. 그때 아멜 선생님이 말씀하셨다.

"프란츠, 나는 널 혼낼 생각이 없다. 이렇게 쩔쩔매는 모습을 보니 충분히 뉘우치고 있는 게 분명해······. 사람들은 언제나 이렇게 말하지. '뭐! 시간은 많은데. 내일 공부하지, 뭐.' 그런데 얘야······, 지금 무슨 일이 일어났는지 봐라. 아! 공부를 미룬 것이 우리 알자스 지방의 가장 큰 불행이지. 이제 프러시아 군대는 우리에게 이렇게 말할 거야. '뭐라고! 프랑스 사람임을 고집하면서 정작 프랑스어를 읽고 쓸 줄도 모르다니!'라

고 말이야. 가엾은 프란츠, 네 잘못이 아니란다. 우리 모두의
잘못이지.

　여러분의 부모님은 교육에 별로 관심이 없으셨습니다. 몇 푼
이라도 더 벌기 위해 여러분이 들판이나 공장에서 일하도록
내버려 두었으니까요. 물론 저도 잘못한 것이 많습니다. 여
러분을 공부시키는 대신 걸핏하면 화단에 물을 주라고 했지
요. 또 제가 송어 낚시를 하고 싶을 때면 자율 학습을 시켰고
요⋯⋯."

　그리고 아멜 선생님은 프랑스어에 대해 말씀하시기 시작했
다. 프랑스어는 세상에서 가장 아름답고, 분명하며, 확실한
언어라고 하셨다. 그러니 프랑스어를 결코 잊어버리지 않도록
잘 지켜야 한다고. 한 민족이 노예로 전락해도 모국어를 잘 간
직한다면 해방의 열쇠를 쥐고 있는 것이나 다름없다고 말씀하
셨다⋯⋯. 그리고 나서 선생님은 문법 책을 들고 우리에게 오
늘 가르칠 부분을 읽어 주셨다. 선생님의 설명이 깜짝 놀랄 정
도로 잘 이해되었다. 모든 것이 아주 쉽게 느껴졌다. 하긴 내
가 여태껏 그렇게 집중해서 수업을 들은 적도 없고, 선생님 역
시 그렇게 성의 있게 설명하신 적도 없었다. 가엾은 선생님은

떠나기 전 자신이 아는 모든 것을 단번에 우리 머릿속으로 집어넣으시려는 것 같았다.

문법 수업이 끝나고 작문 수업이 이어졌다. 그날 아멜 선생님은 새로운 교본을 준비해 오셨다. 거기에는 아름답고 둥근 서체로 이렇게 쓰여 있었다. '프랑스, 알자스, 프랑스, 알자스.' 교본을 우리들 책상에 놓자 마치 교실 전체에서 작은 국기가 펄럭이는 것 같았다. 우리 모두 얼마나 열중하고, 또 얼마나 조용했는지! 종이 위로 펜이 스치는 소리 외에는 어떤 소리도 들리지 않았다. 풍뎅이들이 교실에 들어와 날아다녔지만 어느 누구도 신경 쓰지 않았다. 그저 줄만 긋는 꼬마들조차 조용했다. 마음만큼은 프랑스어를 쓴다는 듯이…… 학교 지붕 위에서 비둘기들이 나지막이 구구하고 우는 소리를 들으며 나는 생각했다.

'이제 비둘기들도 독일어로 울어야 하지 않을까?'

이따금 내가 고개를 들어 보면 아멜 선생님은 교단에 가만히 서서 주위 물건들을 빤히 바라보고 계셨다. 학교의 온갖 작은 것들까지 눈에 담고 싶다는 듯이. 생각해 보시라! 선생님은 40년 동안 똑같은 자리에서 교정과 교실을 바라보며 계셨다.

달라진 것은 닳아서 반질반질해진 의자와 책상, 크게 자란 교정 호두나무, 선생님이 심고 창문으로 줄기를 뻗어 지붕까지 자란 홉뿐이었다. 내일이면 영영 이 모든 것을 두고 이 고장을 떠나야 한다는 사실과 위층에서 짐을 싸느라 왔다 갔다 하는 자기 여동생의 발걸음 소리를 듣는 것 때문에 얼마나 가슴이 미어지겠는가?

　그럼에도 불구하고 선생님은 굳건하게 수업을 마치셨다. 다음으로 역사 수업이 시작됐다. 꼬마들은 바, 브, 비, 보, 뷔를 낭송했다. 안경을 쓴 오제 영감님은 교실 뒤편에서 두 손에 책을 들고 학생들을 따라 한 자씩 더듬거리며 읽으셨다. 무척 열심이셨다. 떨리는 그의 목소리는 우스웠지만 우리 모두 웃을 수도, 울 수도 없었다. 아! 이 마지막 수업을 나는 평생 잊지 못할 것이다…….

　정오 기도 시간을 알리는 교회 종이 울렸다. 훈련에서 돌아온 프러시안 병사들의 나팔 소리도 교실 창문 아래에서 울려 퍼졌다……. 아멜 선생님은 창백한 얼굴로 교단에서 일어나셨다. 단연코 선생님이 그토록 크게 보였던 적은 없었다. 선생님이 말씀하셨다.

"여러분, 여러분······저······저는······."

선생님은 끝까지 말을 잇지 못하셨다.

그리고 칠판 쪽으로 몸을 돌려 분필 하나를 집어 들고 있는 힘껏 크게 글자를 쓰셨다.

'프랑스, 만세!'

그리고는 벽에 머리를 기댄 채 아무 말없이 서있다가 손짓을 하며 말씀하셨다.

"여러분, 수업이 끝났으니······, 돌아가세요."

오 헨리
O. Henry

크리스마스
선물

1달러 87센트. 그게 전부였다. 심지어 60센트는 1센트짜리
동전들이었다. 식료품점, 정육점 주인, 야채상의 찌푸린 얼굴
과 무언의 비난을 감내하면서 한두 푼씩 모은 것이었다. 델라
는 세 번이나 동전을 셌다. 그래도 1달러 87센트였다. 바로 내
일이 크리스마스인데 말이다.

작고 초라한 침대 위에 몸을 던지고 엉엉 우는 수밖에 없었
다. 델라는 정말 그렇게 울었다. 그러면서 인생에는 '눈물'과
'웃음'이 있는데, '눈물'이 더 많이 차지한다는 생각을 했다.

이 집의 안주인이 훌쩍이는 동안 조용히 집 안을 둘러보자.

1주일에 8달러를 세로 내야 하는 단칸방은 돼지우리 수준은 아니지만 부랑자 단속반이 예의 주시할 만한 공간이었다.

아래층 현관에는 편지 한 통 들어간 적이 없는 우편함과 고장난 초인종이 있었다. '제임스 딜링엄(Dillingham) 영'이라는 이름이 적힌 문패도 붙어 있었다.

'딜링엄'이라는 글자는 그 이름의 주인이 주당 30달러씩 받으며 떵떵거리던 시절에만 해도 크게 보였다. 하지만 주급이 20달러로 떨어진 지금에 와서는 겸손하게 D자 한 자로 줄어들고 싶은 듯 잔뜩 움츠러져 보였다. 그럼에도 세임스 딜링엄 영이 퇴근해 집에 오면 앞서 '델라'라고 소개했던 그의 부인이 "짐."이라고 부르며 따스한 포옹으로 반겨 주었다. 그것이야말로 그에게는 최고의 일이었다.

델라는 울음을 그치고 퉁퉁 부은 얼굴에 화장을 했다. 그리고 창가에 서서 잿빛 뒤뜰에 있는 잿빛 담 위로 잿빛 고양이가 걸어가는 모습을 지켜보았다. 당장 내일이 크리스마스인데 수중에 있는 돈이라고는 1달러 87센트뿐이었다. 그걸로 남편의 선물을 마련해야 했다. 몇 달 동안 1센트도 허투루 쓰지 않고 알뜰하게 모았지만 어쩔 수 없었다. 일주일에 20달러로 생계

를 유지하는 것은 그만큼 녹록지 않았다. 매번 수입보다 지출이 많았다. 항상 그랬다. 어쨌거나 1달러 87센트로 어떻게든 짐에게 크리스마스 선물을 사줘야만 했다. 델라는 사랑해마지 않는 남편에게 어떤 멋진 선물을 사줄지…… 고민하며 많은 시간을 즐겁게 보냈다. 멋지고 흔치 않으면서도 짐에게 정말로 잘 어울릴 선물을 말이다.

창문과 창문 사이 벽에는 거울이 하나 걸려 있었다. 주당 8달러짜리 아파트에서 흔히 볼 수 있는 거울이었다. 몸이 빼빼 마르고 민첩한 사람이 재빨리 몸을 반쪽씩 비추면서 보아야 전체 모습을 볼 수 있었다. 델라는 워낙 마른 편이라 능숙하게 거울을 보았다.

갑자기 델라가 창가에서 몸을 홱 틀어 거울 쪽을 바라보았다. 두 눈동자는 기대에 차서 반짝거렸지만 20초도 지나지 않아 실망으로 낯빛이 흐려졌다. 그녀는 재빨리 긴 머리카락을 가슴 앞으로 늘어뜨렸다.

제임스 딜링엄 영 부부는 두 가지를 소중히 여겼다. 하나는 금시계였다. 짐의 할아버지로부터 아버지를 거쳐 남겨진 것이었다. 다른 하나는 델라의 머리카락이었다. 만약 시바의 여왕

(아라비아 신화에 나오는 솔로몬 왕의 아내−옮긴
이 주)이 건너편 아파트에 살아도 델라가 탐
스러운 머리카락을 말리기 위해서 창밖으로
늘어트리면 여왕이 가진 금은 보석들은 전부
그 빛을 잃어버렸을 것이다. 지하실에 온갖 재물
을 보관해 놓았을 솔로몬 왕도 짐의 금시계를 보면 질투심에
수염을 쥐어뜯었을 것이다.

델라의 탐스러운 머리카락은 갈색 폭포수가 쏟아져 내리듯
그녀의 가슴팍 아래로 길게 흘러내렸다. 무릎 아래까지 길게
자라 마치 갈색 옷처럼 보일 정도였다. 델라는 서둘러 머리카
락을 말아 올렸다. 잠시 주저하는 사이, 해진 붉은 양탄자 위
로 닭똥 같은 눈물이 하나둘 떨어졌다.

델라는 오래된 갈색 재킷 차림에 모자를 썼다. 여전히 눈가
는 촉촉하게 젖은 채로 치맛단을 펄럭이면서 황급히 계단을
뛰어 내려가 거리로 나섰다.

델라는 '마담 소프로니. 헤어 제품 총판'이라고 적힌 간판 앞
에서 걸음을 멈추었다. 헐레벌떡 계단을 뛰어 올라간 그녀는
가쁜 숨을 몰아쉬며 마음을 가다듬었다. 마담 소프로니는 몸

집이 크고 피부가 창백한데다 냉정하고 강한 인상이라서 '소프로니(부드러운 외모의 소유자를 연상시키는 단어—옮긴이 주)'라는 이름과는 완전히 동떨어져 보였다.

"머리카락을 팔고 싶은데 가능할까요?" 델라가 말했다.

"물론이죠." 마담이 말했다. "우선 모자를 벗고 머리카락 상태부터 살펴보죠."

갈색 폭포수가 물결치듯 머리카락이 쏟아져 내렸다.

"20달러 드리죠." 머리카락을 능숙한 손길로 들어 올리며 마담 소프로니가 말했다.

"돈은 곧바로 주셨으면 해요." 델라가 말했다.

그 후 두 시간은 장밋빛 날개를 단 듯 순식간에 흘러갔다. 아, 입에 발린 비유는 그만. 델라는 이 가게 저 가게를 돌아다니며 남편에게 줄 선물을 찾아다녔다.

마침내 짐에게 어울릴 만한 것을 찾아냈다. 다른 누구도 아닌 델라의 남편에게 꼭 어울릴 법한 물건이었다. 온갖 가게들을 샅샅이 뒤졌지만 이처럼 완벽한 물건은 없었다. 자질구레한 장식 없이 말끔한 디자인에 고급 백금으로 만든 시곗줄로 매우 가치가 높아 보였다. 그것은 '금시계'와 같이 있어야

했다. 델라는 그 시곗줄을 보는 순간, 짐의 것이라고 확신했다. 정말 시계와 줄이 잘 어울릴 것 같았다. 진중함과 품격 모두 갖춘 물건이었다. 그녀는 21달러로 시곗줄 가격을 치른 후 남은 87센트를 들고 집으로 돌아왔다. 앞으로 짐은 어느 누구 앞에서도 떳떳하게 시계를 꺼낼 수 있을 것이다. 금시계가 낡은 가죽 줄에 달려 있어서 남편은 항상 몰래 시간을 보아야 했었다.

집에 도착하자 서서히 흥분이 잦아들면서 이성을 되찾았다. 델라는 컬링 아이론(머리카락에 모양을 내는 기구─옮긴이 주)을 달구고는 흉하게 잘린 머리카락을 정성스럽게 다듬었다. 누구나 알다시피 엉망이 된 머리칼을 다듬는 건 엄청나게 성가신 일이다.

40분 안에 델라의 얼굴은 짧게 구불거리는 머리카락으로 덮였다. 마치 결석을 일삼는 말썽꾸러기 남학생처럼 보였다. 그녀는 거울 앞에 서서 유심히 자신의 모습을 들여다보았다.

"머리카락을 잘랐다고 죽이진 않겠지." 델라가 혼잣말을 했다. "이 꼴을 보면 코니아일랜드 합창단에서 노래하는 소녀 같다고 말할 게 분명해. 이제 와서 어쩌겠어? 1달러 87센트로는 아무것도 살 수가 없었는걸."

오후 7시, 그녀는 커피를 끓이고 난로 위에 프라이팬을 올려 고기 찜을 준비했다.

남편은 늦는 법이 없었다. 델라는 시곗줄을 반으로 접어 손에 쥐고 남편이 들어올 문 가 테이블 모서리에 앉아 있었다. 얼마 후, 현관 쪽 계단에서 발자국 소리가 들렸다. 순간 델라의 얼굴이 창백해졌다. 그녀는 사소한 일에도 낮은 목소리로 기도하는 습관이 있었다. 이번에도 어김없이 기도했다. "오, 하나님. 제발 남편이 저를 전처럼 예쁘다고 생각하도록 해주세요."

문이 열리고 짐이 들어오면서 문이 닫혔다. 수척하고 피곤한 얼굴이었다. 가련한 사람, 스물두 살의 어린 나이에 집안의 가장으로서 무거운 짐을 짊어지고 살아야 하다니! 외투도 너무 낡았고 추운 날씨에 손을 데워줄 장갑도 없었다.

짐은 집에 들어오자마자 메추라기 냄새를 맡은 사냥개처럼 꼼짝도 하지 않았다. 델라에게 고정된 두 눈에는 도무지 알 수 없는 감정이 서려 있어서 그녀는 겁이 날 지경이었다. 화가 난 것도, 놀란 것도, 비난하는 것도, 공포에 질린 것도 아닌 것 같

았다. 이건 그녀가 전혀 예상치 못한 반응이었다.

델라는 머뭇거리며 자리에서 일어나 남편 쪽으로 걸어갔다.

"짐, 여보." 델라가 울부짖듯 말했다. "제발 그런 눈으로 보지 말아요. 당신한테 크리스마스 선물을 사주고 싶어서 머리카락을 잘라 팔았어요. 머리카락은 또 자랄 거예요. 그러니 화내지 말아요. 어쩔 수 없었어요. 내 머리카락이 얼마나 빨리 자라는지 알잖아요. 제발 기쁜 목소리로 '메리 크리스마스!'라고 말해 줘요. 짐, 우리 행복한 크리스마스를 보내요. 내가 얼마나 멋진 선물을 사왔는지 당신은 상상도 못 할 거예요."

"머리카락을 잘라서 팔았다고?" 짐은 이 명백한 사실을 납득하기 어려운 사람처럼 되뇌었다.

"네, 그랬어요." 델라가 말했다. "그래도 예전처럼 나를 사랑해줄 거죠? 머리카락은 짧아졌지만 나는 예전 그대로잖아요. 안 그래요?"

짐은 이상한 표정으로 방 안을 둘러보았다.

"그 긴 머리카락이 없어졌다는 거지?" 그는 넋이 나간 사람처럼 되물었다.

"찾을 필요도 없어요." 델라가 말했다. "벌써 팔았으니까. 여보, 오늘은 크리스마스이브잖아요. 제발 화내지 말아요. 당신을 위해서 그런 거니까. 머리카락은 돈으로 바꿀 수 있지만, 당신을 향한 내 사랑은 돈으로도 살 수 없는 거예요. 여보, 이제 음식을 데울까요?" 델라는 다정하게 마지막 말을 이었다.

그제야 짐이 제정신을 찾은 것 같았다. 그는 아내를 꼭 껴안았다. 이쯤에서 잠시 동안만 다른 이야기를 해보자. 중요하지는 않지만 진지하게 생각할 거리가 있다. 일주일에 8달러 버는 것과 1년에 100만 달러 버는 것은 무엇이 다를까? 오히려 수학자와 현자는 정답을 말하지 못한다. 예수의 탄생을 축하하기 위해 3인의 동방 박사들이 가져온 선물 안에도 해답은 없다. 이 아리송한 질문의 답은 잠시 후에 밝혀질 것이다.

짐은 외투에서 작은 꾸러미를 꺼내 테이블 위에 놓았다.

"여보, 오해하지는 마." 그가 말했다. "머리카락을 자르든 자르지 않든 당신을 사랑하는 내 마음은 변하지 않아. 다만 이 상자를 풀어 보면 내가 왜 그렇게 당황했는지 알게 될 거요."

델라는 하얀 손가락으로 포장지와 리본을 풀었다. 그리고 기쁨에 찬 탄성을 터트렸다. 아아! 그러나 기쁨에 차있던 그녀의 목소리가 곧바로 눈물과 흐느낌으로 바뀌면서 조용히 서있던

이 아파트의 주인을 당황하게 만들었다.

짐이 내민 선물은 바로 빗이었다. 언젠가 델라가 브로드웨이 한 상점가의 유리 진열장에서 보고 너무나 가지고 싶어 했던 그 빗이었다. 거북이 등껍질로 몸체를 만들었고, 양옆에는 솔이 달려 있었으며, 테두리에는 반짝이는 보석들이 세공된 최고급 물건이었다. 이제는 없어진 델라의 머리카락에 꼭 어울릴 법한 빗이었다. 워낙 가격이 비싸서 가질 생각도 하지 못했던 것이었다. 그런데 그것이 드디어 델라의 것이 된 것이다. 하지만 정작 아름다운 빗으로 쓸어내릴 머리카락이 이제는 완전히 사라지고 없었다.

그래도 델라는 그 빗을 가슴에 소중히 품었다. 그리고 촉촉해진 눈으로 고개를 들고 미소를 지으며 이렇게 말했다. "여보, 내 머리가 얼마나 빨리 자라는지 알잖아요."

그러다 자리에서 벌떡 일어나 흐느끼기 시작했다. "어머, 어쩌면 좋아!"

짐이 아직 델라가 준비한 멋진 선물을 보지 못했기 때문이다. 그녀는 남편의 눈앞에 한쪽 손을 내밀어 활짝 펼쳐 보였다. 묵직한 백금은 델라의 기쁨과 흥분을 그대로 반사해 더욱 빛나는 것 같았다.

"여보, 정말 멋지지 않아요? 이걸 찾느라고 얼마나 뒤지고 다녔는지 몰라요. 이제 하루에도 백 번씩 시계를 꺼내서 보고 싶을 거예요. 얼른 시계 좀 꺼내 봐요. 얼마나 잘 어울리는지 보고 싶어요."

짐은 대답 대신 긴 의자에 기대어 눕더니, 두 손을 머리 뒤에 대고 미소를 지었다.

"델라." 그가 말했다. "이번 크리스마스 선물은 잠시 보관해 두는 것이 어떨까 싶소. 당장 쓰기에는 너무 값비싼 물건 같구려. 사실 당신한테 빗을 사주려고 시계를 팔았다오. 이제 저녁 식사를 준비해 주지 않겠어?"

알다시피 동방 박사들은 예수의 탄생을 축하하기 위해서 선물을 준비한 현인이다. 그들이 크리스마스에 선물을 주고받는 전통을 만들었다. 워낙 현명한 사람들이라 선물이 겹칠 경우를 대비해 교환 가능한 것으로 준비했을 것이다. 지금까지 여러분에게 가장 소중한 보물 두 가지를 가장 어리석은 방법으로 써버린 젊은 부부의 이야기를 서투르게 들려줬다. 하지만 요즘 같은 세상에서 이 부부의 선물이야말로 가장 현명한 것

이라고 말하고 싶다. 선물을 주고받는 어느 사람들보다 이들이 가장 지혜롭기 때문이다. 온 세상 누구보다 말이다. 두 사람이야말로 동방 박사라고 할 수 있으니까.

마지막 잎새

워싱턴 스퀘어의 서쪽 어느 작은 구역에는 질서 없이 뒤얽힌 길들이 작게 갈라져 '마을'로 이어졌다. 그 마을을 사이에 둔 길들은 기묘한 각도와 곡선을 이루고 있었다. 어떤 길은 그 자체로 한두 번씩 교차되기도 했다. 한 화가가 이러한 '마을'과 길들의 독특한 점을 발견했다. 이를테면 물감이나 종이, 캔버스 대금을 수금하러온 사람들이 마을 근처에 와서도 수금은 하지 못한 채 돌아 나가는 경우가 생기는 것이었다.

그러한 연유로 예술가들은 북쪽으로 난 창과 18세기식 박공지붕, 네덜란드식 다락방이 있는 저렴한 셋방을 찾아서 예스러운 그리니치 빌리지(미국 뉴욕 주 맨해튼 섬 남부에 위치한 예술가 거주 지역—옮긴이 주)로 하나둘씩 모여들었다. 이들은 6번가에서 백랍 머그잔과 보온용 냄비와 그릇들을 구해서 들어왔다. 일종의 '예술가 마을'이 생겨난 것이었다.

3층짜리 벽돌집 옥탑 방에는 수와 존시가 화실을 공동으로 사용하며 살고 있었다. '존시'는 조안나의 애칭이었다. 수는 메인 주, 존시는 캘리포니아 출신이었다. 두 사람은 8번가 '델모니코'라는 식당에서 타블 도트(요리 종류와 순서가 미리 정해져 있는 정식 요리—옮긴이 주)를 먹다가 우연히 만났다. 그리고 미술, 치커리 샐러드, 비숍 소매(아랫부분이나 진동에 주름을 잡아 부풀린 긴 소매—옮긴이 주)에 대한 취향이 서로 일치하는 것을 깨닫고 함께 화실을 얻어서 생활하기로 했다.

그때가 5월이었다. 11월에 접어들면서 눈에 보이지 않는 낯설고 차가운 불청객이 곳곳에 차디찬 손길을 뻗치기 시작했다. 의사들은 그것을 폐렴이라고 불렀다. 그 소리 없는 파괴자는 동쪽 마을을 헤집어 수십 명의 희생자를 만들고 마침내 '마

을'의 비좁고 꼬불꼬불한 미로까지 찾아들었다.

'폐렴' 씨에게는 신사로서 갖춰야 할 기사도 정신 따위는 없었다. 결국 캘리포니아의 부드러운 바람에 길들여진 가냘픈 여성 존시에게까지 차가운 손길을 뻗었다. 존시는 페인트 칠을 한 철제 침대에 꼼짝 않고 누워 작은 네덜란드식 창문 너머로 보이는 이웃 벽돌집만 멍하니 쳐다보았다.

어느 날 아침, 분주한 기색의 의사가 덥수룩한 잿빛 눈썹을 찌푸리며 수를 복도로 불러냈다.

"친구 분이 회복할 가능성은 글쎄, 열에 하나 정도 된다고 할까요……." 의사는 체온계의 수은을 흔들며 말했다. "무엇보다 본인이 살고자 하는 의지가 있어야 합니다. 죽을 날을 받아 놓은 사람처럼 숨이 끊어지기만 기다리는 것은 참으로 바보 같은 짓이지요. 저 아가씨는 병이 낫지 않을 거라고 굳게 믿는 눈치더군요. 혹시 친구 분이 희망을 걸만한 것이 있습니까?"

"존시는…… 언젠가 나폴리 만을 꼭 한번 그리고 싶다고 했어요." 수가 대답했다.

"그림 말입니까? 맙소사! 그보다 더 간절한 것이 있어야 해요. 가령 애인이라던가."

"애인이요?" 수가 되묻고는 어이없다는 듯 말을 이었다. "선생님, 애인이 그렇게 중요한가요? 애인은 없는 걸로 알아요."

"그렇다면 정말 큰일이군요." 의사가 말했다. "나로서도 가능한 모든 방법을 동원해서 환자를 살려 보려고 노력하겠지만 저런 식으로 자기 장례식에 동원될 마차 수나 생각하면 약효는 절반으로 떨어질 겁니다. 반면 올겨울에 어떤 외투 소매가 유행할지 물어본다면 회복될 가능성은 열에 하나가 아니라 다섯에 하나라고 할 수 있습니다."

의사가 돌아가고, 수는 화실로 가서 손수건이 흠뻑 젖을 때까지 펑펑 울었다. 그리고 경쾌하게 휘파람을 불면서 화판을 들고 존시가 누워 있는 방으로 갔다.

존시는 얼굴을 창문으로 향한 채 시체처럼 이불에 구김 하나 만들지 않을 정도로 조용히 누워 있었다. 수는 친구가 잠이 든 것 같아서 휘파람 부는 것을 멈추었다.

수는 화판을 세우고 펜으로 잡지에 넣을 삽화를 그리기 시작했다. 젊은 작가 지망생들이 문학계에 입문하기 위해 잡지에 투고하듯 젊은 화가들도 잡지의 삽화를 그리며 미술계에 입문할 길을 모색해야 했다.

삽화의 주인공인 아이다호 카우보이의 멋들어진 승마용 바지와 알이 하나뿐인 안경을 그리고 있는데, 나지막한 목소리가 반복적으로 들렸다. 수는 황급히 침대 옆으로 향했다.

존시가 두 눈을 크게 뜨고 창밖을 보면서 숫자를 거꾸로 세는 것이 아닌가.

"열둘." 그러더니 조금 지나자 "열하나.", 다시 "열." 곧바로 "아홉." 그리고 "여덟."과 "일곱."은 거의 동시에 셌다.

수는 걱정스러운 얼굴로 창밖을 쳐다보았다. 대체 뭘 세고 있는 거지? 창밖에 보이는 거라곤 휑한 마당과 약 6미터가량 떨어진 곳에 있는 벽돌집의 텅 빈 담벼락뿐이었다. 그리고 뿌리가 썩고 가느다란 마디만 남은 담쟁이덩굴이 벽돌담 중간까지 길게 뻗어 있었다. 쌀쌀한 가을바람에 이파리가 거의 떨어진 담쟁이 줄기만이 금방이라도 미끄러질 듯 아슬아슬하게 매달려 있었다.

"뭘 세는 거야?" 수가 물었다.

"여섯." 존시가 속삭이듯 말했다.

"계속 빨리 떨어지네. 사흘 전만 해도 백 개 정도 남아서 세기도 힘들었는데, 이젠 쉽게 셀 수 있겠어. 또 하나가 떨어졌네. 이제 다섯 개밖에 안 남았어."

"다섯 개라니? 그게 대체 뭔데."

"잎새 말이야, 담쟁이덩굴에 달려 있는 잎새. 마지막 잎새가 떨어지면 나도 죽을 거야. 사흘 전에 깨달았어. 의사 선생님이 너한테 그렇게 말하지 않았어?"

"그런 바보 같은 말은 난생 처음이다." 수가 존시를 다그치면서 화난 투로 말했다. "담쟁이덩굴에서 떨어지는 잎새와 네 병이 무슨 상관인데? 평소에 좋아하던 저 담쟁이덩굴에서 잎새가 떨어지는 게 섭섭한 건 이해하지만, 그런 생각을 하다니 정말 바보 같아. 오늘 아침에 의사 선생님이 그러는데, 네가 십중팔구 병에서 나을 거랬어! 그건 우리가 흔히 뉴욕에서 전차를 타거나 새로 지은 건물을 지나쳐갈 확률과 비슷한 거야. 제발 수프라도 좀 먹어. 그래야 내가 마음 편히 그림을 그리지. 내가 삽화를 그려서 편집자한테 넘겨야 아픈 친구가 마실 와인도 사고 내가 좋아하는 돼지고기도 사먹을 거 아냐."

"와인 안 사줘도 돼." 존시가 창밖에 시선을 고정한 채로 대답했다. "또 하나 떨어졌네. 수프도 먹기 싫어. 이제 잎새가 네 개밖에 안 남았어. 어두워지기 전에 마지막 잎이 떨어지는 걸 보면 좋겠다. 그럼 나도 편히 눈을 감을 텐데.”

“존시, 제발!” 수는 존시에게 몸을 숙이며 말했다. “제발 부탁인데, 삽화를 다 그릴 때까지만 눈을 감고 창밖을 쳐다보지 않겠다고 약속해 줄래? 내일이 삽화 마감일이란 말이야. 그림을 그리려면 빛이 들어와야 하는데, 네가 자꾸 이러면 커튼을 내릴 수밖에 없잖아.”

“그럼 다른 방에 가서 그리면 되잖아?” 존시가 차갑게 대꾸했다.

“네 옆에 있고 싶어서 그래.” 수가 말했다. “하지만 네가 담벼락에 붙은 담쟁이 잎새를 계속 세는 것은 싫어.”

“그럼 작업 끝나는 대로 나한테 알려줘.” 존시는 눈을 감고 핏기 없이 고꾸라진 조각상처럼 몸을 돌려 모로 누우며 말했다. “마지막 잎이 지는 걸 보고 싶어. 이제는 기다리는 것도 지쳤어. 생각하기도 싫고. 모든 걸 놓고 저 담벼락에 붙은 마지막 잎새처럼 나도 떨어지면 좋겠어.”

“눈 좀 붙여봐.” 수가 말했다. “나는 베어만 씨한테 광부 모델이 되어 달라 부탁하고 올게. 금방 올 거야. 내가 올 때까지 침대에 가만히 누워 있어.”

베어만은 바로 아래층에 살고 있는 나이 든 화가였다. 예순 살이 넘은 그는 사티로스(고대 그리스 신화에 등장하는 남자의 얼굴과 염소의 다리와 뿔을 가진 숲의 신―옮긴이 주)와 미켈란젤로의 모세상처럼 머리부터 턱까지 덥수룩하고 구불거리는 하얀 수염을 기르고 다녔다.

베어만은 미술계에 입문하지 못한 낙오자였다. 40여 년 동안 열심히 붓질을 했지만 쓸만한 작품 하나 그리지 못한 채 허송세월을 보내고 있었다. 입버릇처럼 걸작을 그리겠다고 떠들어대지만 시작조차 하지 못했다. 지난 몇 년 동안은 상업적 그림이나 광고판 페인트 칠을 도맡아 하면서 근근이 입에 풀칠을 할 뿐 전혀 그림을 그리지 않았다. 지금은 '예술가 마을'에서 전문 모델을 고용할 여력이 없는 젊은 화가들의 모델을 서는 걸로 연명하고 있었다. 그리고 그 돈으로 코가 삐뚤어질 정도로 술을 마시고는 언젠가 걸작을 그리고 말겠다며 떠들기 일쑤였다. 이러한 베어만은 몸집이 작아도 성격이 강해서 나약한 사람을 보면 비웃곤 했다. 하지만 위층에 사는 두 젊은 여류 화가들만큼은 살뜰하게 보살폈다.

수가 아래층에 내려갔을 때도 베어만은 독한 술 냄새를 풍기며 어두침침한 방구석에 앉아 있었다. 방 한쪽 구석 이젤 위에는 텅 빈 캔버스가 놓여 있었다. 25년 동안 걸작을 탄생시킬 첫 번째 붓질만 기다린 캔버스였다. 수는 베어만에게 존시에 대해 털어놓았다. 만약 담벼락에 붙은 잎새가 떨어지면 정말로 삶을 포기해 버릴 것 같다는 걱정도 전했다.

베어만은 벌겋게 충혈된 눈가에 눈물이 고인 채 존시의 허무맹랑한 상상을 크게 비웃었다.

"말도 안 돼!" 그가 외쳤다. "담쟁이덩굴 잎새가 떨어지면 자기도 죽는다니, 그런 멍청한 소리가 어디 있어? 내 살다 살다 그런 바보 같은 소리는 처음 듣네. 그 멍청한 아가씨의 모델 노릇은 하지 않을 거야. 그런 말도 안 되는 얘기를 그냥 듣고 있었어? 정말 존시가 가엾군."

"몸이 아프니까 마음까지 약해지나 봐요." 수가 말했다. "워낙 열이 높으니 이상한 상상까지 하게 되는 모양이에요. 만약 저를 위해 모델을 해주시기 힘드시면 그냥 없던 걸로 해도 괜찮아요. 저야 앞으로 베어만 씨를 무책임한 거짓말쟁이라고 생각하면 되니까요."

"누가 여자 아니랄까봐!" 베어만이 버럭 역정을 냈다. "누가

안 한다고 했어? 시작하자고. 같이 올라가. 30분 동안은 포즈를 취할 수 있다고! 맙소사! 이런 곳에서 존시처럼 여린 사람이 아프면 안 되지. 조만간 나도 걸작을 그릴 테니, 그때가 되면 다 함께 여기를 뜨자고. 진심이야!"

두 사람이 위층으로 올라갔을 때, 존시는 곤히 잠들어 있었다. 수는 커튼을 내려 창문을 가리고 베어만에게 옆방으로 가자고 말없이 손짓을 했다. 두 사람은 불안한 눈으로 옆방 창문 너머 담쟁이덩굴을 쳐다보았다. 그리고 아무 말없이 마주 보았다. 밖에서 하얀 진눈깨비가 끝도 없이 떨어졌기 때문이다. 낡은 푸른색 셔츠를 입은 베어만은 바위 위에 앉은 사람마냥 뒤집어 놓은 주전자 위에 걸터앉아 늙은 광부처럼 자세를 잡았다.

다음 날 아침, 한 시간 정도 눈을 붙인 수가 잠에서 깨어났다. 존시는 눈을 크게 뜨고 창가에 드리워진 초록색 커튼을 멍하니 쳐다보았다.

"커튼을 걷어줘. 잎새가 남아 있는지 보고 싶어." 존시가 나지막한 목소리로 부탁했다.

수가 마지못해 커튼을 걷었다.

그런데 이게 웬일인가! 밤새도록 강한 눈비가 몰아쳤는데도 담벼락에 잎새 하나가 여전히 매달려 있는 것이 아닌가! 담쟁이덩굴에 붙어 있는 마지막 잎새였다. 줄기 쪽이 짙은 녹색인 그 잎새는 가장자리가 노랗게 바짝 말랐는데도 땅에서 6미터쯤 떨어진 가지 위에 매달려 있었다.

"마지막 잎새야." 존시가 말했다. "지난밤에 전부 떨어진 줄 알았는데, 밤새 바람이 거세게 불었잖아. 오늘은 떨어지겠지, 그럼 나도 죽을 테고."

"말도 안 되는 소리!" 수는 피곤함에 찌든 얼굴을 베개에 파묻으며 말했다. "제발 나 좀 생각해줘. 자꾸 이러면 나는 어떡하니?"

존시는 대답하지 않았다. 멀고 먼 죽음이란 신비한 곳을 향해 떠나기로 결심한 영혼만큼 세상에서 고독한 것은 없었다. 지금까지 그녀를 세상과 연결하고 있던 것들이 하나둘 끊어지면서 죽음에 대한 생각만이 그녀를 더욱 강하게 사로잡았다.

그렇게 하루가 또 저물었다. 황혼이 드리울 무렵까지도 담벼락에 붙은 마지막 잎새는 그대로였다. 어둠이 깔리면서 북쪽에서 강한 바람이 불고 빗방울이 창문을 두드리자 네덜란드식 처마 아래로 물이 흘러내렸다.

다음 날 아침, 해가 밝기 무섭게 존시는 다시 커튼을 걷어 달라고 고집을 피웠다.

마지막 잎새는 여전히 담벼락에 매달려 있었다.

존시는 한참 동안 그것을 바라보았다. 그리고 부엌에서 치킨 수프를 열심히 휘젓고 있는 수를 불렀다.

"수, 내가 나빴어." 존시가 말문을 열었다. "저 잎새는 내가 얼마나 못된 인간인지 일깨워 주기 위해서 저렇게 떨어지지 않는 것 같아. 스스로 목숨을 포기하는 건 정말 큰 죄잖아. 부탁인데, 수프 좀 가져다 줄래? 우유에 와인도 넣어서. 아니, 손거울부터 갖다줘. 베개도 좀 높여 주고. 침대에 앉아서 네가 요리하는 걸 구경하고 싶어."

한 시간 후에 존시가 말했다.

"수, 나중에 나폴리 만을 그리고 싶어."

오후가 되자 의사 선생님이 찾아왔다. 의사가 진료를 마치고 돌아갈 때 수는 그를 따라 복도로 나왔다.

"이제 살아남을 가능성은 반반이에요." 의사는 떨고 있는 수의 가냘픈 손을 잡으며 말했다. "정성껏 간호한 덕분이오. 이제 아래층에 있는 환자를 보러 가야겠군요. 베어만 씨라고 화가인 것 같은데 존시처럼 폐렴에 걸렸어요. 워낙 나이도 많고 쇠약해서 회복할 가능성은 거의 없소. 아무튼 오늘 환자를 병원에 입원시킬 예정이오."

　다음 날, 찾아온 의사가 이렇게 말했다. "이제 위험한 시기는 넘겼어요. 폐렴과 싸워 이긴 겁니다. 이제부터는 영양가 있는 음식과 함께 잘 보살피기만 하면 돼요."

　그날 오후, 침대에서 어깨에 두를 새파란 울 목도리를 뜨는 존시에게 수가 다가와 한쪽 팔로 베개째 끌어안았다.

　"존시, 너한테 꼭 해야할 말이 있어." 수가 계속 말을 이었다. "오늘 베어만 씨가 폐렴으로 세상을 떠나셨대. 이틀 전부터 엄청 앓으셨나봐. 병에 걸린 첫날 아침에 관리인이 방에서 괴로워하시고 있던 걸 발견했대. 신발이고 옷이고 흠뻑 젖어서 몸이 얼음장처럼 차가웠다나봐. 비바람이 그렇게 부는데 밤에 어디를 갔다 오셨는지는 아무도 모른대. 방 안에는 불이 켜진 랜턴, 창고에서 꺼낸 사다리, 붓, 노란색과 초록색 물감이 섞인 팔레트가 발견됐고……. 존시, 저기 창밖을 봐. 담벼락에 붙어 있는 마지막 잎새. 이상하게 바람이 불어도 움직이지도 않잖아? 그래, 저 마지막 잎새는 베어만 씨가 남긴 걸작이야……. 진짜 마지막 잎새가 떨어진 날 밤에 베어만 씨가 담벼락에 올라가서 직접 그린 거지."

프랜시스 스콧 피츠제럴드

Francis Scott Key Fitzgerald

벤저민 버튼의
기이한 사건

I

1860년대만 해도 아기는 집에서 낳는 게 당연했다. 요즘에는 의학의 신이라 불리는 사람들이 갓난아기의 첫 울음소리는 마취제 냄새로 가득하고 최신 의료 기기를 갖춘 분만실에서 울려 퍼져야 한다고 주장하지만 말이다. 이런 점에서 보면, 1860년 어느 무더운 여름 날, 젊은 로저 버튼 부부가 첫 아기를 병원에서 낳기로 결심한 것은 50년이나 시대를 앞선 생각이었다. 이 부부의 급진적인 결정이 지금부터 내가 들려주는 믿기 힘든 이야기와 어떤 연관성이 있는지는 알 수 없다.

단지 나는 당시 사건만 이야기하고, 판단은 여러분에게 맡기겠다.

남북 전쟁이 발발하기 전 로저 버튼 부부는 볼티모어에서 사회적으로나 경제적으로 꽤 높은 지위를 누렸다. 남부 연방 사람들이라면 다 알만한 가문들과 친인척인 덕분에 주요 귀족 계급에 속했기 때문이다. 그런 버튼 부부에게 출산이라는 관습은 처음 경험하는 일이었다. 그래서 아빠가 되는 버튼이 긴장한 것은 당연했다. 버튼은 아들이라면 자신이 '커프스'라는 유치한 별명으로 불리며 4년 동안 다닌 코네티컷 주 예일 대학에 보내고 싶었다.

엄청난 사건이 발생한 9월의 어느 아침, 버튼은 초조한 심정으로 6시에 일어나 옷을 입고 넥타이를 단정하게 고쳐맸다. 그다음 서둘러 볼티모어 거리를 지나 병원으로 향했다. 지난밤에 태어났을 새로운 생명을 한시라도 빨리 보고 싶었기 때문이다.

메릴랜드 병원 도착까지 약 90미터쯤 남았을 때 버튼은 주치의인 킨 박사를 보았다. 그는 손을 씻듯이 양손을 비비면서 병원 앞 계단을 내려오고 있었다. 마땅히 의사라면 직업 윤리

강령 때문에 가지게 되는 습관이었다.

로저 버튼은 킨 박사를 향해 쏜살같이 달려갔다. 로저 버튼 철물 도매 기업을 운영하는 그에게서 남부 사회의 저명한 인사로서 지켜야 할 품위 따위는 눈곱만큼도 찾아볼 수 없었다. "킨 박사님! 킨 박사님!"

그 소리를 들은 킨 박사는 자리에 서서 기묘한 표정을 띤 채 버튼을 기다렸다.

"어떻게 됐습니까?" 버튼이 숨을 가쁘게 몰아쉬면서 물었다. "문제는 없죠? 아내는요? 딸인가요, 아들인가요? 어떤······."

"진정하게!" 킨 박사가 매몰차게 소리쳤다. 어딘지 모르게 초조해 보였다.

"아이는 태어났나요?" 로저 버튼이 간곡히 물었다.

킨 박사는 얼굴을 찌푸렸다. "그게, 태어나기는 했네. 그렇 다고 봐야지."

또다시 킨 박사는 기묘한 눈빛으로 버튼을 바라보았다.

"아내는 괜찮은 거죠?"

"그래."

"아들입니까, 딸입니까?"

"그만!" 킨 박사는 벌컥 화를 냈다. "그렇게 궁금하면 직접 가서 보면 될 게 아닌가. 내 참 어이가 없군!" 그는 마지막 말을 속사포처럼 뱉었다. 그리고 버튼의 얼굴은 보지도 않은 채 말을 이었다. "이런 일이 의사로서 내 명성에 도움이 될 거라고 생각하나? 천만에! 한번만 더 이런 일이 생겼다가는 난 끝장이야. 누구라도 그럴 걸세."

"대체 무슨 일인데 그러십니까?" 버튼이 화들짝 놀라서 되물었다. "혹시 세쌍둥이인가요?"

"세쌍둥이라면 차라리 다행이지!" 킨 박사가 비꼬듯 말했다. "그보다 더 심각해. 직접 가서 자네 두 눈으로 봐. 그리고 다른 의사를 찾아보게. 40년 동안 자네 가족의 주치의로 일하면서 내 손으로 직접 자네를 받기도 했네. 하지만 우리 인연은 이걸로 끝일세. 자네뿐만 아니라 자네 가족 누구도 다시는 보고 싶지 않아! 잘 가게!"

킨 박사는 말이 끝나기가 무섭게 등을 돌려 모퉁이에 서있던 마차를 타고 휑하니 떠나 버렸다.

버튼은 망연자실한 표정으로 길가에 선 채 움직이지 않았다. 머리끝부터 발끝까지 바들바들 떨렸다. 대체 얼마나 끔찍한 일이 일어났길래? 순간 메릴랜드 병원 안으로 들어가고 싶던 기분이 싹 사라져 버렸다. 그래도 어렵사리 마음을 추스르고 병원 계단으로 발길을 옮겼다.

어두컴컴한 복도 접수대에 간호사가 앉아 있었다. 불안한 마음을 억누르며 버튼은 간호사 쪽으로 걸음을 옮겼다.

"어서 오세요." 간호사가 먼저 반갑게 인사를 건넸다.

"수고하십니다, 전 버튼이라고 합니다만."

그의 말을 듣자 앳된 간호사의 얼굴에 끔찍한 공포감이 퍼졌다. 그녀는 자리에서 벌떡 일어나 당장이라도 달아나고 싶은 심정을 억지로 참는 것 같았다.

"내 아이를 보고 싶은데요." 버튼이 말했다.

간호사는 비명을 지르듯 대답했다. "오! 물론 보셔야죠!" 매우 신경질적인 반응이었다. "위층으로 올라가세요. 바로 위층이에요. 위로 가시면 돼요!"

버튼은 식은땀을 흘리며 간호사가 가리킨 방향으로 주춤주춤 걸어갔다. 위층에서 대야를 들고 있던 다른 간호사와 마주쳤다. "저는 버튼입니다." 그는 또박또박 발음하려고 애썼다. "내 아이를 보고 싶……."

쿵! 요란한 소리와 함께 대야가 바닥에 떨어져 계단 쪽으로 데굴데굴 굴러갔다. 쿵! 쿵! 대야의 요란한 소음이 버튼이 가진 공포의 무게를 반쯤 덜어 주는 것 같았다.

"제 아이를 보고 싶다고요!" 버튼이 거의 비명을 지르듯 외쳤다. 거의 쓰러지기 일보 직전이었다.

쿵! 대야가 1층 바닥에 떨어졌다. 간호사는 겨우 정신을 가다듬고 경멸 어린 시선으로 버튼을 바라보았다.

"알겠습니다, 버튼 씨." 그녀는 낮은 목소리로 말했다. "당연히 그러셔야죠! 하지만 오늘 아침 댁의 아이 때문에 저희가 어떤 상황에 치했는지 이셔야 해요! 이건 정말 해괴한 일이라고요! 우리 병원은 이제 과거의 명성을 누리지 못할 거예요!"

"빨리 안내나 해요!" 버튼이 쉰 목소리로 외쳤다. "더는 못 참겠군요!"

"알겠습니다. 이쪽으로 오세요, 버튼 씨."

버튼은 간호사를 따라 무거운 발걸음을 옮겼다. 긴 복도 끝에 도착하자 훗날 '우는 방'이라고 불릴 정도로 다양한 울음소리가 흘러나오는 방이 나왔다. 두 사람은 방으로 들어갔다. 하얀색 에나멜을 칠한 여섯 개의 아기 침대가 머리맡에 이름표를 하나씩 붙인 채로 벽을 따라 나란히 놓여 있었다.

"그래, 내 아이는 어디 있죠?" 버튼이 숨을 깊게 내쉬고는 말했다.

"저기요!" 간호사가 외쳤다.

버튼의 눈동자가 간호사가 가리키는 방향으로 향했다. 거기에는 하얗고 푹신한 담요로 몸을 겨우 가린 한 노인이 앉아 있었다. 그의 나이는 일흔에 가까워 보였다. 몇 가닥 남지 않은 백발과 창문으로 들어오는 산들바람에 흔들리는 길고 구불구불한 잿빛 수염 때문이었다. 그 노인은 흐릿하고 뿌연 눈으로 버튼을 바라보았다.

"나를 정신병자로 보는 겁니까?" 버튼이 격분에 찬 목소리로 외쳤다. "지금 나한테 무서운 장난이라도 치는 거요?"

"장난이 아닙니다." 간호사가 냉정하게 대답했다. "댁이 정신병자인지 아닌지는 모르지만, 분명 댁의 아이가 맞습니다."

아까보다 두 배나 더 많은 식은땀이 버튼의 이마에 맺혔다. 그는 두 눈을 질끈 감았다가 다시 눈을 뜨고 보았다. 잘못 본게 아니었다. 눈앞에 있는 건 분명 예순 살하고도 열 살은 더 많아 보이는 노인이었다. 게다가 이 일흔 살의 얼굴을 한 아기는 침대 양쪽으로 다리까지 내밀고 있었다.

그 노인은 가만히 두 사람을 쳐다보더니 잔뜩 쉬어 갈라지는 목소리로 물었다. "당신이 내 아버지인가요?"

버튼과 간호사는 소스라치게 놀랐다.

"만약 당신이 내 아버지라면, 당장 나를 여기서 데리고 나가던가, 아님 간호사한테 좀 편한 흔들의자라도 갖다 달라고 해요." 노인이 볼멘소리로 말했다.

"대체 어디서 오신 분이오? 누구십니까?" 버튼이 미친 사람처럼 고래고래 소리를 질렀다.

"저도 제기 누군지 정확히 모르겠어요. 태어난 시 및 시간밖에 안 됐으니까." 노인은 푸념하듯 대답했다. "하지만 내 성이 버튼인 것만은 분명해요."

"거짓말! 이 사기꾼 같은 놈!"

노인은 피곤한 표정으로 간호사 쪽을 바라보았다. "막 태어난 아기한테 못하는 말이 없군요." 그가 힘 빠진 목소리로 불평했다. "내가 버튼 씨의 아이가 맞다고 좀 말해 주실래요?"

"버튼 씨, 사실이에요. 댁의 아이가 맞습니다." 간호사가 냉정하게 말했다. "그러니 버튼 씨가 알아서 이 일을 해결해 주세요. 부탁드리건대, 당장 이 아이를 데리고 나가 주세요. 오늘 중으로요."

"나가라고요?" 버튼이 믿기지 않는다는 듯 되물었다.

"네, 우린 저 아이를 여기에 둘 수가 없어요. 절대로요."

"그거 참 다행이네요." 노인이 칭얼거리며 맞장구쳤다. "여긴 조용한 걸 좋아하는 갓난아이에겐 최악의 장소예요. 얼마나 애들이 빽빽거리며 울어대는지 한숨도 못 잤어요. 또 먹을 걸 달라고 했더니⋯⋯." 노인은 항변하듯 목소리를 버럭 높였다. "고작 우유 한 병만 주더라고요!"

버튼은 침대 옆에 놓인 의자에 털썩 주저앉아 두 손으로 얼굴을 감싸 쥐었다. 그러고는 공포에 질려 중얼거렸다. "이럴 수가! 사람들이 뭐라고 하겠어? 이제 어떡하지?"

"당장 아이를 집으로 데리고 가세요. 지금 당장요!" 간호사가 다그쳤다.

비통함에 빠진 버튼의 눈앞에 기괴한 장면이 선명하게 펼쳐졌다. 무시무시한 유령 같은 노인과 함께 행인들로 가득한 거리를 활보하는 장면이었다. "나는 못해, 그럴 수는 없어." 그가 신음하며 내뱉었다.

사람들이 걸음을 멈추고 이것저것 물으면 뭐라고 대답하지?
이 일흔에 가까운 노인을 "제 아들입니다. 오늘 아침에 태어
났죠."라고 소개해야 하나? 그럼 노인은 담요를 여미고 터벅
터벅 걸어가겠지. 사람들로 가득한 가게와 노예 시장,—버튼
은 차라리 아들이 흑인이면 좋겠다는 생각이 들었다. —고급
주택가와 양로원을 지나서……

　"저기요! 정신 차리세요!" 간호사가 호통쳤다.

　"잠깐만요." 노인이 불쑥 끼어들었다. "혹시 내가 이 담요를
두르고 집까지 걸어갈 거라고 생각한다면 착각이오."

　"아기들은 담요를 두르잖아."

　노인은 작고 하얀 담요를 손으로 툭툭 치며 심술궂은 투로
말했다. "지금 나보고 이딴 걸 걸치고 다니라는 거예요?"

　"아기들은 전부 담요를 둘러." 간호사가 단호하게 말했다.

　"그럼." 노인이 말했다. "이 아기는 2분 안에 발가벗을 거예
요. 담요가 얼마나 가려운데요. 차라리 부드러운 이불을 가져
다주지."

　"제발 그대로 있어! 제발!" 버튼이 황급히 외쳤다. 그리고 간
호사를 보며 말했다. "어떻게 하죠?"

"시내에 가서 아드님 옷을 사오세요."

아들의 목소리가 긴 복도를 타고 울려 퍼졌다. "아빠, 옷이랑 지팡이도요! 지팡이가 필요해요."

버튼은 쾅 소리가 날 정도로 병실 문을 거칠게 닫았다.

Ⅱ

"안녕하세요." 버튼이 체서피크 옷가게 직원에게 초조한 목소리로 인사를 건넸다. "우리 아들 옷을 사려고 하는데요."

"아드님이 몇 살이죠?"

"여섯 시간쯤 됐어요." 버튼이 아무 생각 없이 대답했다.

"신생아용품은 뒤쪽에 있습니다."

"그게 신생아 옷은 좀⋯⋯, 애가 워낙 몸집이 크거든요. 아주아주 큰 옷을 입혀야 해서요."

"특대형도 있습니다."

"아동복은 어느 쪽에 있죠?" 버튼이 필사적으로 말을 돌렸다. 점원이 그의 수치스러운 비밀을 눈치챈 것 같아 불안했다.

"이쪽입니다."

"음……." 버튼이 망설였다. 막 태어난 아이에게 남성복을 입혀야 한다고 생각하니 불쾌했다. 아주 큰 아동복을 찾아 입힌 다음에 그 끔찍하고 긴 턱수염을 자르고 백발 머리를 갈색으로 염색한다면 볼티모어에서 그의 사회적 지위는 말할 것도 없고 최악의 사태는 피할 수 있을 것이다.

하지만 아동복 코너를 미친 듯이 뒤져도 갓 태어난 버튼의 아들에게 입힐 만한 옷은 없었다. 그는 옷 가게를 원망했다. 그것 말고는 도리가 없기도 했다.

"아드님이 몇 살이라고 하셨지요?" 점원이 궁금한지 다시 물었다.

"열여섯 살이요."

"아, 죄송합니다. 전 여섯 시간이라고 말씀하신 줄 알고. 10대들이 입을 만한 옷은 다음 통로에 있습니다."

버튼은 비참한 심정으로 걸음을 옮겼다. 그러다 걸음을 멈추고 한층 밝아진 얼굴로 창가에 세워진 마네킹을 가리켰다. "저거요!" 그는 외쳤다.

"저 옷으로 할게요. 저 마네킹이 입은 걸로." 그가 외쳤다.

점원이 빤히 쳐다보았다. "글쎄요." 그는 반대했다. "저건 아

이들 옷이 아니에요. 오히려 손님에게 어울릴 파티용 복장이
랍니다."

"포장해 주세요." 버튼은 고집했다.

"내가 찾던 옷이오."

깜짝 놀란 점원은 그가 시키는 대로 했다.

다시 병원으로 돌아온 버튼은 아들에게 포장해온 꾸러미를
거의 던지다시피 내밀며 쌀쌀맞게 말했다.

"여기 네 옷이다."

노인은 꾸러미를 열고 어리둥절한 눈으로 내용물을 바라보
았다. "이걸 입으면 사람들이 놀릴 텐네." 그는 불평했다. "저
는 웃음거리가 되고 싶……."

"너 때문에 내가 웃음거리가 된 건 어쩌고!" 버튼이 싸울듯
이 받아쳤다. "네가 우스꽝스럽게 보이건 말건 상관없어. 당
장 입어, 아니면 궁둥이를 후려갈길 테니까!" 버튼은 마지막
말이 입에 담기에 상스러웠지만 지금은 해도 무방하다고 생각
했다.

"알았어요, 아빠." 노인이 자식처럼 대답하는 것을 듣자니,
버튼은 괴상망측한 기분이 들었다. "저보다 오래 사셨으니 더

잘 아시겠죠. 시키는 대로 할게요."

'아빠'라는 말 때문에 버튼은 온몸에 소름이 돋을 것 같았다.

"서둘러."

"서두르고 있어요, 아빠."

마침내 옷을 전부 갖춰 입은 아들을 버튼은 우울한 눈으로 바라보았다. 물방울무늬 양말과 분홍색 바지, 넓고 하얀 깃이 달린 벨티드 셔츠(허리에 벨트가 달린 긴 셔츠─옮긴이 주)에 하얀 턱수염은 허리까지 길게 출렁이며 늘어졌다. 전혀 어울리지 않는 조합이었다.

"잠깐만!"

버튼은 병원용 가위로 긴 수염을 싹둑싹둑 잘랐다. 하지만 여전히 이상했다. 듬성듬성 있는 하얀 머리카락 몇 가닥, 흐릿한 눈동자, 누렇게 바랜 치아는 화려한 옷과 전혀 어울리지 않았다. 그래도 버튼은 고집을 굽히지 않고 아들의 손을 잡아끌었다. "따라와!" 그가 단호하게 말했다.

아들은 전적으로 아버지를 신뢰하며 그의 손을 잡았다. "아빠, 앞으로 나를 뭐라고 부르실 거예요?" 병실에서 나오며 그가 떨리는 목소리로 물었다. "당분간은 그냥 '아가'라고 하실

건가요? 좋은 이름이 떠오를 때까지요?"

버튼이 화를 누르며 말했다. "잘 모르겠다." 냉정하기 짝이 없는 말투였다. "므두셀라(창세기에 나오는 최고령의 인간으로, 장수하는 사람을 상징함―옮긴이 주)라고 하지 뭐."

Ⅲ

버튼 가의 새로운 식구는 듬성듬성 남은 머리를 짧게 자르고 검은색으로 어설프게 염색했다. 군데군데 남아 있던 수염은 바짝 면도를 해서 얼굴이 반질반질해졌다. 놀라서 어리둥절해하는 재단사를 통해 아동복도 맞춰 입혔다. 그럼에도 버튼은 그 아이가 가문의 장남으로 어울리지 않는다고 느꼈다. 워낙 늙어서 등이 굽었는데도 벤저민 버튼(그의 이름은 겉모습에 딱 어울리는 므두셀라 대신 벤저민으로 결정했다.)은 키가 170센티미터가 넘었다. 어떤 옷으로도 이 사실을 숨길 수가 없었다. 눈썹을 바짝 자르고 검게 염색해도 축축하게 젖은 피로한 눈동자는 그대로였다. 미리 고용했던 보모는 아기를 보고 몹시 화를 내며 뛰쳐나갔다.

그래도 버튼은 자신의 뜻을 굽히지 않았다. 벤저민은 아기였고 또 아기여야만 했다. 처음에 벤저민이 데운 우유를 싫어하자 버튼은 아무것도 주지 않겠다고 했다. 하지만 결국에는 빵과 버터 그리고 오트밀을 먹는 선에서 타협했다. 어느 날은 딸랑이를 사와 벤저민에게 내밀면서 "이걸 가지고 놀아."라고 다그치기도 했다. 노인은 지친 표정으로 딸랑이를 받은 뒤 아빠가 시키는 대로 일정한 시간 동안 갖고 놀아야 했다.

　물론 벤저민에게 딸랑이를 갖고 노는 것은 엄청나게 지루한 일이었다. 그래서 혼자 있을 때는 자신을 즐겁게 해줄 다른 장난감을 찾아야 했다. 가령 버튼은 지난 일주일 동안 전보다 훨씬 많은 시가를 피웠다고 생각했는데, 사실은 달랐다. 어느 날, 아기 방에 불쑥 들어갔다가 파랗고 뿌연 연기가 가득 차있고 그 안에서 죄를 지은 표정으로 시커먼 하바나 시가 꽁초를 감추는 벤저민을 발견했기 때문이다. 그 정도면 엉덩이를 때릴 만한 잘못이었지만 버튼은 차마 그렇게 할 수 없었다. 결국 '담배는 성장에 방해가 되는 것'이라고 충고만 하고 상황을 일단락했다.

　그 후에도 버튼은 일관된 태도로 벤저민을 대했다. 납으로

만든 장난감 병정 인형, 장난감 기차, 커다란 동물 인형을 사가지고 왔다. 그리고 남들은 모를 자신만의 환상을 완성하기 위해서 장난감 가게 직원을 붙잡고 '분홍색 오리 인형을 입에 물어도 색이 벗겨지지 않는지'를 묻기도 했다. 하지만 이런 열정적인 아버지의 노력에도 벤저민은 그 장난감들에 별다른 흥미를 보이지 않았다. 오히려 몰래 뒤쪽 계단으로 가서 들고온『브리태니커 백과사전』만 오후 내내 읽을 뿐이었다. 봉제 송아지 인형과 노아의 방주 모형, 장난감 기차는 바닥에 나뒹굴었다. 버튼의 정성 어린 노력이 효과가 없었던 것이다.

사실 벤저민의 출생은 볼티모어 사교계를 뒤흔들 만큼 충격적인 사건이었다. 그렇다고 벤저민 때문에 버튼 부부와 그의 친척들이 사회적으로 피해를 입었는지는 단언할 수 없다. 왜냐하면 남북 전쟁이 터지면서 시민들의 관심이 자연스럽게 그쪽으로 향했기 때문이다. 예의 바르기로 소문난 몇 명은 어떤 식으로든 벤저민을 칭찬하기 위해 머리를 쥐어짰다. 어떤 이는 벤저민이 할아버지를 쏙 빼닮았다고 창의적으로 칭찬했다. 일흔 살 노인에게는 흔히들 나타나는 노화 현상이기 때문에 부정할 수 없는 사실이기도 했다. 하지만 버튼과 아내는 그말을 듣고도 전혀 기뻐하지 않았고, 벤저민의 할아버지 역시모욕감에 길길이 날뛰었다.

벤저민은 병원을 나설 때부터 자신에게 주어진 삶을 있는 그대로 받아들였다. 어린아이들과 함께 어울려야 할 때는 관절이 쑤시는 것도 참아가면서 오후 내내 팽이치기와 구슬치기에관심을 가져 보려고 애썼다. 한번은 실수로 주방 창문을 새총으로 깼는데, 오히려 버튼은 이러한 아들의 실수에 은근히 흡족해했다.

그 후 벤저민은 날마다 일부러 뭔가를 깨뜨렸다. 천성이 착하고 순종적인 벤저민은 아버지가 자신에게 기대하는 바를 저버릴 수 없었기 때문이다.

벤저민의 할아버지는 처음에 손자에게 적대적이었다. 그러나 시간이 지나면서 손자와 함께 있는 시간을 즐거워했다. 두사람은 몇 시간이고 함께 앉아서 이야기를 나누었다. 물론 나이와 경험에서 큰 차이가 나기는 했지만, 그날그날 벌어지는사건들에 대해 오랜 친구처럼 끝도 없이 대화를 나누었다. 벤저민은 부모님보다 할아버지와 함께 있을 때가 훨씬 편했다. 평소 그들은 강압적으로 명령을 하고 혼을 내면서도 가끔 아들을 두려워하는지 "벤저민 씨."라고 불렀기 때문이다.

벤저민도 자신처럼 몸과 정신이 완전히 성장해서 태어나는 경우가 없다는 걸 알고는 다른 사람들처럼 당황했다. 의학 전문지를 샅샅이 읽어 보아도 자신과 같은 사례를 전혀 찾을 수 없었다. 그는 아버지의 성화에 못 이겨 또래 친구들과 어울리려고 가벼운 운동 경기에도 참여했다. 행여 축구라도 하는 날에는 자칫 골절이라도 생겨 노쇠한 뼈가 제대로 붙지 않을까 봐 노심초사해 하면서 말이다.

다섯 살 때 벤저민은 유치원에 들어갔다. 그는 주황색 종이에 초록색 종이를 바르는 법, 알록달록한 지도를 맞추는 법, 마분지를 길게 엮어 목걸이를 만드는 법을 배웠다. 그때마다 벤저민이 꾸벅꾸벅 졸자 젊은 선생들은 화를 내다가도 흠칫 놀라곤 했다. 결국 선생은 부모를 호출해 모든 불만을 털어놓았고, 벤저민은 유치원에서 해방될 수 있었다. 버튼 부부는 벤저민의 친구들에게 아이가 너무 어려서 어울리지 못하는 것 같다고 둘러댔다.

벤저민이 열두 살이 되자, 버튼 부부도 아이에게 차츰 익숙
해졌다. 습관의 힘은 실로 강해서 그들은 벤저민이 이상하다
는 사실을 되새기지만 않으면 더 이상 벤저민과 다른 아이들
의 차이점을 느끼지 못하게 된 것이었다. 그런데 열두 번째 생
일 후 몇 주 정도 지난 어느 날, 벤저민은 거울을 보다가 깜
짝 놀랐다. 그의 눈이 이상해진 걸까? 아니면 10년 넘게 염색
을 해서 하얀 머리카락이 회색으로 변해버린 걸까? 얼굴에 자
글자글하던 주름도 줄어들 수 있는 것일까? 차가운 겨울 날씨
에 얼굴이 붉게 언 것은 그렇다 치더라도 이처럼 피부가 더 건
강해지고 탄력이 생기는 게 가능할까? 정말 이상한 일이었다.
벤저민은 이제 태어날 때보다 등을 펼 수 있었고 신체 조건도
훨씬 나아진 것 같았다.

　'설마……?' 그는 속으로 생각했다. 아니, 감히 그렇게 생각
해서는 안 되는 것이었다.

　벤저민은 아버지를 찾아가 단호하게 말했다. "저도 이제 컸
으니 긴 바지를 입을래요."

　버튼은 주저했다. "글쎄다, 난 잘 모르겠는데. 열네 살 정도
되어야 긴 바지를 입는데, 너는 아직 열두 살밖에 안 됐잖아."

"하지만 아버지도 제가 나이에 비해 몸집이 크다는 건 인정하시잖아요." 벤저민이 강력하게 항의했다.

버튼은 자기만의 상상 속 모습으로 아이를 쳐다보았다. "글쎄다, 난 잘 모르겠는데. 나도 열두 살 때는 너만큼 컸거든."

하지만 그건 사실이 아니었다. 그건 아들이 정상이라고 믿고 싶은 버튼의 눈속임에 불과했다.

마침내 두 사람은 합의점을 찾아냈다. 벤저민은 계속 머리를 염색하고, 또래 친구들과도 더욱 자주 어울리려고 노력하기로 했다. 또 안경을 쓴 채 지팡이를 짚고 거리를 돌아다니지 않기로 했다. 그 보답으로 난생 처음 긴 바지를 입어도 좋다는 허락을 얻어 냈다…….

IV

열두 살부터 스물한 살까지의 이야기는 따로 언급하지 않겠다. 그저 성장이 더딘 평범한 세월을 보냈다고 기록하는 걸로 충분할 테니까. 열여덟 살이 되던 해, 벤저민은 쉰 살의 남자처럼 등이 곧아졌고 머리의 숱도 많아졌으며 색은 짙어졌다.

걸음걸이도 안정적이었고 목소리도 찢어지는 쉰 소리에서 건장한 바리톤으로 음색이 바뀌었다. 그래서 아버지는 아들을 코네티컷 주로 보내서 예일 대학 입학시험을 보게 했다. 벤저민은 시험에 합격했고 대학교에 입학했다.

대학으로부터 입학 허가가 나고 사흘째에 교무처장인 하트가 사무실로 와서 수강 신청을 하라고 통보했다. 거울을 본 벤저민은 머리를 염색할 때가 지난 것을 깨닫고 서랍을 뒤졌지만 염색약이 보이지 않았다. 그제야 전날 염색약을 다 쓰고 통째로 버렸던 사실이 떠올랐다.

벤저민은 고민에 빠졌다. 5분 안에 교무처장 사무실로 가야 하기 때문이었다. 결국 그대로 갈 수밖에 없었다.

"어서 오세요." 교무처장이 예의를 갖춰 인사했다. "아드님 일로 오신 겁니까?"

"아, 사실 제가 벤저민 버튼⋯⋯."

벤저민이 말을 꺼냈지만 하트가 말허리를 잘랐다.

"반갑습니다. 버튼 씨. 조금 있으면 아드님이 올 겁니다."

"제가 벤저민이에요! 여기 신입생이라고요." 그가 외쳤다.

"뭐라고요?"

"제가 이 대학 신입생이란 말입니다."

"농담하시는 거죠."

"전혀요."

교무처장은 눈살을 찌푸리며 앞에 있는 학생기록카드를 들춰 보았다. "여기에는 벤저민 버튼의 나이가 열여덟 살로 되어 있는데요."

"열여덟 살 맞습니다." 벤저민이 얼굴을 붉히며 단호하게 말했다.

교무처장은 귀찮다는 듯 그를 바라보았다. "버튼 씨, 제가 그 말을 믿을 거라고 생각하시는 건 아니겠죠?"

벤저민도 지친 듯 미소를 지었다. "저는 열여덟 살이 맞다니까요." 그러면서 자신의 주장을 굽히지 않았다.

교무처장이 엄숙하게 문 쪽을 가리키며 말했다. "나가요. 우리 학교에서 나가 주세요. 이 도시를 떠나란 말입니다. 당신은 위험한 미치광이요."

"전 열여덟 살입니다."

하트가 문을 열며 소리쳤다. "말도 안 돼! 나이 지긋한 사람이 감히 신입생으로 대학에 입학하려고 하다니. 당신이 열여덟이라고? 좋아, 이 도시에서 18분 내로 사라져요!"

벤저민은 끝까지 품위를 지키면서 문밖으로 나갔다. 복도에 있던 대학생 몇 명이 호기심 어린 얼굴로 그를 바라보았다. 벤저민은 걸음을 떼다가 고개를 돌리고는 화가 나 벌건 얼굴의 교무처장에게 단호하게 다시 말했다. "전 열여덟 살이 맞습니다."

학생들의 키득거리는 웃음소리를 들으며 벤저민은 유유히 그곳을 빠져나왔다.

하지만 대학교를 쉽게 떠날 운명은 아니었던 모양이다. 우울한 기분으로 기차역을 향해 걷고 있는데, 한 무리의 대학생들이, 잠시 후에는 한 떼거리의 대학생들이, 마침내는 구름 같은 인파가 벤저민의 뒤를 따라왔다. 말이 부풀려져서 어떤 미친 사람이 열여덟 살이라고 속이고 대학에 입학했다는 소문이 났기 때문이다. 뜨거운 흥분의 열기가 교내에 퍼져 나갔다. 학생들은 수업 중에 모자도 쓰지 않고 교실 밖으로 뛰쳐나왔고, 풋볼 팀 선수들은 훈련도 내팽개치고 인파에 합류했다. 교수 부인들도 모자를 삐뚤게 쓰고 바쁜 걸음으로 그들의 뒤를 따랐다. 엄청난 인파 속에서 예민할 대로 예민해진 벤저민 버튼의 감성을 건드리는 말들이 터져 나왔다.

"저 사람은 분명 방황하는 유태인(그리스도의 청을 거절하여 '최후의 심판'이 올 때까지 지구를 방황한 인물—옮긴이)일 거야!"

"저 정도 나이면 고등학교에나 얼씬거려야지!"

"천재 소년이라며!"

"여기가 양로원인 줄 알았나봐."

"하버드에나 가버려!"

벤저민은 걸음을 조금씩 빨리하다가 급기야 뛰다시피 했다. 언젠가는 본때를 보여 주겠어! 반드시 하버드에 가서 그들이 잘못된 판단을 했다는 걸 증명할 테다!

볼티모어행 기차에 안전하게 몸을 실은 벤저민 버튼은 창문 밖으로 고개를 내밀고 소리쳤다. "당신들은 후회하게 될 거야!"

"하하!" 대학생들이 웃음을 터트렸다. "하하하!"

그날 일은 예일 대학이 저지른 최악의 실수였다…….

V

1880년 벤저민 버튼은 스무 살이 되었다. 그는 스무 번째 생일을 기념으로 아버지의 철물 도매 기업에서 일을 시작했다.

그해부터는 아버지의 성화에 못 이겨 몇몇 '사교계 무도회'에 드나들기도 했다. 이제 로저 버튼은 쉰 살이 되었고, 아들과는 더욱 돈독해졌다. 벤저민이 머리 염색을 멈춘 후로(여전히 머리카락에 회색빛이 감돌았지만) 두 사람은 비슷한 나이의 형제처럼 보였다.

8월의 어느 날 밤, 두 사람은 예복을 입고 마차를 타서 볼티모어 외곽의 셰블린 가 시골 별장에서 열리는 무도회로 향했다. 새하얀 보름달이 은빛으로 도로를 물들였고, 열매를 맺은 꽃들이 뿜어내는 낮고 은은한 향기가 사방으로 퍼져 나갔다. 양탄자를 깐 듯 밝은 빛깔의 밀밭이 드넓게 펼쳐진 시골 풍경은 대낮처럼 환했다. 이렇게 아름다운 풍경에 마음을 빼앗기지 않는다는 것은 거의 불가능했다.

"듣자하니 의류 사업 쪽 전망이 좋다더구나." 감수성과 미적 감각이 거의 전무한 로저 버튼이 입을 열었다.

"나 같은 늙은이들은 새로 사업을 배우기 힘들어." 그가 진지하게 말했다. "앞으로는 너처럼 활력이 넘치고 열정 가득한 젊은이들의 시대가 되겠지."

저 멀리 도로 위로 셰블린의 시골 별장에서 흘러나오는 불빛이 보였다. 그리고 한숨 같은 소리가 아련하게 들렸다. 아마 바이올린의 아름다운 선율이거나 은빛 달의 기운을 받아 이리 저리 흔들리는 밀밭의 숨소리였을 것이다.

두 사람은 현관 앞에 서있는 어느 멋진 마차 뒤에 멈추었다. 그 마차에서 한 숙녀가 먼저 내리고, 나이 지긋한 신사와 다른 젊은 숙녀가 내렸다. 정말 엄청난 미인이었다. 순간 벤저민은 그의 몸 구석구석에서 화학 변화가 일어나면서 모든 세포들이 깨어나는 느낌이 들었다. 온몸이 굳어지고 두 뺨과 이마까지 뜨거운 피가 몰렸으며 쿵쾅거리는 심장 박동이 귓가에까지 들리는 것 같았다. 벤저민의 첫사랑은 그렇게 시작되었다.

그녀는 연약해 보일 정도로 날씬했다. 달빛 아래에서는 잿빛으로 보이던 그녀의 머리카락이 현관의 깜박이는 가스등 아래에서는 벌꿀 색으로 빛났다. 어깨에는 노란 바탕에 검은 나비가 새겨진 스페인풍 망토를 걸치고 있었다. 긴 드레스 밑단으로 보이는 두 발은 반짝이는 단추 같았다.

로저 버튼은 아들 쪽으로 고개를 숙이며 말했다. "저 아가씨는 힐더가드 몽크리프란다. 몽크리프 장군의 딸이지."

벤저민은 시큰둥하게 고개를 끄덕였다. "귀엽네요." 하지만 검둥이 소년이 마차를 끌고 가자 이렇게 덧붙였다. "아버지, 저 아가씨를 소개해 주세요."

두 사람은 몽크리프를 둘러싸고 있는 무리 쪽으로 향했다. 오랜 격식에 따라 힐더가드 몽크리프는 무릎을 굽혀 그에게 인사를 건넸다. 그렇다, 벤저민은 그녀와 춤을 출 수 있게 된 것이다. 그는 힐더가드에게 감사 인사를 건네고 비틀거리며 그곳에서 빠져나왔다.

벤저민의 차례가 될 때까지 시간은 발을 질질 끄는 것처럼 너무나 더디게 지나갔다. 그는 벽에 바짝 붙어서 아무 말없이 힐더가드 몽크리프를 둘러싸고 있는 볼티모어의 청년들을 잡아먹을 듯이 쳐다보았다. 벤저민의 눈에는 정말 꼴도 보기 싫은 모습이었다. 저 구불거리는 갈색 수염을 달고 벌겋게 달아오른 꼴들이라니! 참을 수 없을 만큼 역겨웠다.

드디어 파리의 최신 왈츠 곡에 맞추어 벤저민 버튼이 그녀와 함께 무대를 누빌 때가 되었다. 방금 전의 질투와 불안 섞인 감정은 눈 녹듯 사라졌다. 난생 처음 사랑이라는 감정에 사로잡힌 벤저민은 드디어 새로운 삶을 시작하는 기분을 느꼈다.

"형님이랑 같이 우리와 비슷한 시간에 도착하셨죠?" 힐더가드는 파란 에나멜처럼 반짝이는 눈동자로 그를 빤히 쳐다보며 물었다.

벤저민은 잠시 망설였다. 아버지를 형으로 오해한 거라면 사실대로 알려 주어야 할까? 순간 예일 대학 일이 떠올랐고, 벤저민은 아무 말도 하지 않기로 했다. 숙녀의 말에 토를 다는 것은 예의에 어긋나는 짓이기도 하니까. 자신의 출생에 얽힌 괴상망측한 이야기로 인생에 다시 오지 않을 기회를 놓치는 것은 범죄 행위나 다름없었다. 언젠가 진실을 말할 기회가 있겠지. 벤저민은 가만히 고개를 끄덕였고, 미소를 지으며 그녀의 말을 경청하는 행복을 만끽했다.

"난 나이 지긋한 분들이 좋아요. 젊은 남자들은 하나같이 바보 같은 소리만 하거든요. 대학에서 샴페인을 얼마나 많이 퍼마셨는지, 카드 게임으로 돈을 얼마나 많이 잃었는지 하는 이야기들 말이에요. 반면 당신처럼 나이가 많은 남자들은 어떻게 해야 여자를 감동시킬 수 있는지를 잘 알지요."

벤저민은 당장이라도 청혼하고 싶은 충동이 일었지만 애써 억눌렀다.

"중년은 가장 낭만적인 나이잖아요." 힐더가드가 계속 말을 이었다. "스물다섯은 지나치게 속물이고, 서른은 일에 정신이 팔려 있고, 마흔은 시가 한 대를 다 피울 때까지 입을 쉬지 않는 나이죠. 예순은, 음, 예순은 너무 일흔에 가까워요. 하지만 쉰 정도면 적당히 무르익은 나이예요. 그래서 난 쉰 살이 딱 좋아요."

이제 벤저민에게 쉰 살은 영광스러운 나이로 느껴졌다. 당장이라도 쉰 살이 되면 좋겠다는 생각이 들 정도였다.

"사람들한테 항상 했던 말인데, 서른 살 남자를 만나서 평생 뒷바라지를 하느니 쉰 살인 남자를 만나서 보살핌을 받으며 살고 싶어요."

남은 저녁 시간은 달콤한 안개에 휩싸인듯 정신없이 흘러갔다. 힐더가드는 그 후로도 두 번이나 벤저민의 춤에 응했다. 긴 대화를 나눌 때는 놀라우리만큼 서로 의견이 똑같이 일치했다. 결국 그들은 돌아오는 일요일에 함께 드라이브를 하면서 오늘의 대화를 더욱 심도 있게 나누기로 약속했다.

동이 트기 직전 부자는 집으로 향했다. 잠에서 깬 벌들이 윙윙거리고 환하게 빛나던 달빛이 차가운 새벽이슬 사이로 사라지고 나서야 벤저민은 아버지가 하는 회사 이야기가 귀에 들어왔다.

"……네 생각은 어떠냐? 못과 망치, 그다음으로 어떤 상품에 주력하는 것이 좋을까?" 나이 든 버튼이 말했다.

"사랑(love)이요." 정신이 반쯤 나간 벤저민이 대답했다.

"손잡이(Lugs)?" 로저 버튼이 발끈했다. "그 얘기는 벌써 했잖아."

벤저민은 멍한 눈으로 아버지를 바라보았다. 순간 동쪽 하늘이 갈라지면서 환한 빛이 비추고, 숲에서는 꾀꼬리 한 마리가 목청을 높여 지저귀었다…….

VI

그로부터 6개월 뒤, 힐더가드 몽크리프와 벤저민 버튼의 약혼 소식이 알려지자(굳이 '알려졌다'는 표현을 사용한 것은 몽크리프 장군이 늙은이와 약혼한다는 사실을 공표하면 칼 위에 몸을 던지겠다고 엄포를 놓았기 때문이다.), 볼티모어 사교계에는 엄청난 파장이 일었다. 거의 잊혀졌던 벤저민 버튼의 출생 비화가 기괴하게 각색되어 사람들 입에 오르내렸다. 벤저민 버튼이 사실은 로저 버튼의 아버지라던가, 40년 동안 감옥에 갇혀 있던 로저 버튼의 형이라던가, 링컨을 암살한 존 윌크스 부스가 변장을 한 거라던가, 급기야 벤저민의 머리에 작은 뿔이 두 개나 달려 있다는 소문까지 돌았다.

뉴욕 신문의 일요일 판에서는 벤저민 버튼의 얼굴에 물고기, 뱀, 급기야 납으로 만든 몸까지 붙인 기상천외한 삽화를 대문 짝만하게 실었다. 이렇게 벤저민 버튼은 언론을 통해 메릴랜드의 신비한 사나이로도 알려졌다. 하지만 진실은 언제나 그렇듯 세간의 관심을 끌지 못했다.

어쨌거나 볼티모어의 어떤 청년과도 충분히 혼사를 치를 수 있을 만큼 사랑스럽고 아름다운 여자가 쉰 살에 가까운 남자와 결혼하는 것은 '범죄' 행위나 다름없다는 몽크리프 장군의 의견에 모두들 동의했다. 로저 버튼이 아들의 출생증명서를 볼티모어의 〈블레이즈〉지에 싣기도 했지만 소용이 없었다. 어느 누구도 그 사실을 믿으려 하지 않았다. 벤저민 버튼의 얼굴만 봐도 출생증명서가 잘못됐다고 생각했으니까.

정작 당사자인 두 남녀는 어떤 소문에도 흔들리지 않았다. 워낙 기괴한 이야기가 난무해서 힐더가드는 진실조차 외면해

버렸다. 쉰 정도가 되면 사망률이 급격히 높아지고 철물 도매업은 불안전하다고 아무리 몽크리프 장군이 지적해도 힐더가드의 고집을 꺾을 수는 없었다. 힐더가드는 원숙한 남자와 결혼하기를 바랐고, 그 바람대로 그런 남자와 결혼했다…….

VII

  힐더가드 몽크리프의 지인들이 예측한 것 중 적어도 한 가지는 완전히 빗나갔다. 철물 도매업이 최고의 전성기를 맞았던 것이다. 1880년 벤저민 버튼이 결혼을 하고 1895년 로저 버튼이 일선에서 물러날 때까지 15년 동안 버튼 가문의 재산은 갑절로 불어났다. 이는 모두 젊은 사장 벤저민 버튼의 탁월한 사업 수완 덕이었다.

  결국 볼티모어 사교계는 두 팔 벌려 벤저민 버튼 부부를 받아들였다. 심지어 몽크리프 장군조차도 딸과 사위를 인정할 수밖에 없었다. 출판사 아홉 군데에서 거절당한 장군의 『남북 전쟁사』 원고를 스무 권으로 출간할 수 있도록 사위가 도와주었기 때문이다.

벤저민 역시 15년 동안 많은 변화를 겪었다. 새로운 활기가 혈관을 타고 흐르는 것 같달까. 아침이면 예전보다 가뿐하게 잠자리에서 일어났고, 분주하고 햇살이 강한 거리를 걸을 때도 활기가 넘쳤다. 망치와 못을 쉴 새 없이 선적할 때도 지친 기색 하나 없었다. 1890년에는 사업 혁신을 일으켜 유명해지기까지 했다. '상자를 선적하는 데 사용되는 모든 못 역시 상자를 받을 사람의 자산'이라는 벤저민의 제안이 포실 대법원장의 승인에 따라 법령으로 제정되었던 것이다. 이로 인해 회사는 매년 육백 개가량의 못에 지출해 오던 비용을 절약할 수 있었다.

더불어 벤저민 버튼은 점점 더 삶의 쾌락에 빠져들었다. 볼티모어에서 제일 먼저 자동차를 구입해 타고 다닌 일은 쾌락에 대한 그의 열정을 볼 수 있는 대표적인 사례였다. 비슷한 연배의 사람들이 길거리에서 벤저민을 만나면 날로 건강해지고 활기 넘치는 그의 모습을 부러워할 정도였다.

"벤저민 버튼은 해마다 더 젊어지는 것 같군." 사람들은 입을 모아 한마디씩 했다. 이제 예순다섯 살에 접어든 로저 버튼도 지금은 처음과 달리 과도한 찬사를 퍼부으며 지난 세월을 보상해 주었다.

이쯤에서 그다지 유쾌하지 않은 주제를 되도록 빨리 말하고 지나가겠다. 벤저민 버튼에게는 딱 한 가지 문제가 있었다. 바로 아내 힐더가드가 더 이상 매력적으로 보이지 않는다는 점이었다.

이제 힐더가드도 서른다섯에 접어들었고, 로스코라는 열네 살짜리 아들의 어머니가 되었다. 결혼 초기만 해도 벤저민은 아내 힐더가드의 아름다움을 거의 숭배하다시피 했다. 하지만 세월이 지나면서 벌꿀 색으로 빛나던 머리카락은 칙칙한 갈색으로 퇴색되었고, 파란 에나멜처럼 빛나던 눈동자는 싸구려 도자기처럼 보였다. 무엇보다 큰 문제는 판이하게 달라진 아내의 성격이었다. 힐더가드는 자기만의 방식을 지나치게 고집했고, 같이 있으면 지루할 정도로 조용했다. 또 현실에 안주하며 어떤 일에도 열정을 내비추지 않았고, 고리타분한 취미생활만 했다. 신혼 시절에는 힐더가드가 벤저민의 팔을 잡고 '끌다시피'해서 무도회나 저녁 식사 자리를 찾아다녔지만, 이제는 상황이 정반대가 되었다. 그녀는 남편의 사교 모임에 따라

나가서도 시큰둥한 반응을 보이기 일쑤였다. 어느새 인생의 마지막까지 붙어 있을 삶의 무력감에 사로잡혔기 때문이다.

벤저민의 불만은 날이 갈수록 커졌다. 급기야 1898년 미국과 스페인이 전쟁을 벌이자, 벤저민은 입대하기로 결심했다. 그동안 사업을 하면서 쌓은 인맥 덕분에 대위로 임명됐고, 타고난 수완 덕분에 소령까지 진급했다. 그러다 '산 후안 고지 침공'에 참여하면서 마침내 중령의 자리에 올랐고, 당시 가벼운 부상을 당한 덕에 무공 훈장까지 받았다.

벤저민은 활기가 넘치고 흥미진진한 군 생활에 강한 애착을 느꼈다. 하지만 사업을 등한시할 수도 없어서 중령직을 사임하고 집으로 돌아왔다. 볼티모어 역에 도착하자 미리 마중 나온 군악대가 그를 집까지 호위해 주었다.

VIII

힐더가드는 현관에서 비단으로 만든 깃발을 흔들며 남편을 맞이했다. 벤저민은 아내의 입술에 키스를 하면서 지난 3년간 아내와 더욱 멀어졌다는 사실을 느끼고는 마음이 무거워졌다.

아내는 이제 마흔에 접어들었다. 검은 머리카락 사이로 희끗거리는 흰 머리도 보이자 벤저민은 무척 우울해졌다.

방으로 올라간 벤저민은 거울에 자신의 모습을 비춰 보았다. 그는 근심 어린 표정으로 거울 속의 모습과 입대 직전에 찍은 군복 차림의 사진을 꺼내서 비교해 보았다.

"맙소사!" 벤저민은 깜짝 놀라 소리쳤다. 자신이 젊어지고 있었다. 이제 서른 살 남자처럼 보였다. 하지만 전혀 기쁘지 않고, 걱정만 가득했다. 언젠가 신체 나이와 실제 나이가 같아져서 자신의 출생을 기이하게 만들었던 괴상망측한 현상이 멈추기를 바라고 있었기 때문이다. 그는 온몸을 부르르 떨었다. 자신의 운명이 너무 끔찍해 보였다.

아래층으로 내려오자 힐더가드가 기다리고 있었다. 어딘지 모르게 화가 난 얼굴이었다. 그는 아내가 뭔가 잘못되고 있다는 것을 눈치챌까봐 초조했다. 저녁 식사 도중 벤저민은 어떻게든 긴장감을 누그러뜨릴 요량으로 조심스럽게 그 문제를 대화 주제로 올렸다.

"사실은, 사람들이 나더러 점점 젊어지는 것 같다고 하더군." 그가 슬쩍 운을 뗐다.

그러자 힐더가드가 쏘아붙이듯 대꾸했다. "그게 뭐 자랑거리예요?"

"자랑이 아니야." 벤저민이 당황한 듯 변명조로 말했다.

"기가 막혀." 힐더가드가 콧방귀를 뀌며 말했다. 잠시 후 아내가 말을 이었다. "이제 그런 자랑은 그만할 때도 됐어요."

"나더러 어쩌라는 거야?" 그가 받아쳤다.

"이런 일로 말다툼하고 싶지는 않아요." 힐더가드가 차갑게 말했다. "하지만 모든 일에는 옳고 그름이 있어요. 당신이 다른 사람들과 다르게 살겠다고 하면 그것까지 막을 수는 없겠죠. 하지만 당신이 그럴수록 나와 로스코는 힘들어요."

"힐더가드, 나도 어쩔 수가 없어."

"아니요, 당신은 할 수 있어요. 그저 고집을 부리는 것뿐이죠. 당신은 남들과 똑같이 살고 싶지 않은 거예요. 지금까지도 그래 왔고 앞으로도 그럴 테죠. 하지만 모두가 당신처럼 산다면 이 세상이 어떻게 돌아가겠어요?"

이 무의미한 논쟁에 벤저민은 도저히 반박할 수가 없어 아무 대꾸도 하지 않았다. 그때부터 두 사람 사이의 골은 더욱 깊어졌다. 이제 벤저민은 대체 아내의 어떤 매력이 그의 마음을 사로잡았던 것인지 의구심이 생길 정도였다.

새로운 시대가 오면서 아내와의 불화에 부채질을 하듯 쾌락에 대한 그의 갈증은 더욱 강해졌다. 볼티모어 시에서 열리는 파티라면 벤저민 버튼은 어김없이 얼굴을 비추었다. 그곳에서 벤저민은 젊고 예쁜 부인들과 춤을 추고, 사교계에 새로 이름을 알리는 아가씨들 중에서 손에 꼽히는 미인과 대화를 나누기도 했다. 그때마다 그의 아내 힐더가드는 저주받은 과부처럼 샤프롱(젊은 여자가 파티에 나갈 때 따라가서 보살펴 주는 사람—옮긴이 주)들과 구석에 앉아 있었다. 그리고 비난하는 표정과 책망하는 눈길로 남편의 모습을 조용히 지켜보았다.

"저것 봐요!" 사람들이 수군거렸다. "정말 불쌍해 죽겠다니까. 저렇게 젊은 사람이 마흔다섯이나 된 여자한테 잡혀 사나봐요. 부인보다 스무 살은 어려 보이는데." 사람들의 기억이란 쉽게 잊혀지는 법이다. 1880년에 그들의 부모님이 벤저민 버튼 부부에 대해 어떤 뒷말을 했는지 까맣게 잊어버릴 정도로 말이다.

더 이상 가정에서 행복을 찾지 못한 벤저민 버튼은 새로운 관심사를 찾아 밖으로 돌기 시작했다. 취미로 시작한 골프에서는 엄청난 두각을 보이기도 했다. 사교춤에도 흥미를 붙였다. 1906년에는 보스턴 댄스(미국 왈츠)의 전문가가 되었고, 1908년에는 머시셔 춤(브라질 탱고)에 능숙해졌다. 1909년에는 캐슬 워크(1920년대 유행한 사교춤―옮긴이 주)로 도시 젊은이들의 부러움을 한 몸에 받았다.

물론 활발한 사회 활동 때문에 사업에 어느 정도 지장이 있기는 했다. 하지만 그는 25년간 회사를 위해 열심히 일해 왔다. 그리고 얼마 전 하버드 대학을 졸업한 아들 로스코에게 회사를 물려줄 생각을 하고 있었다.

사실 벤저민과 로스코는 서로 구분하기 힘들 정도로 닮았다. 그럴 때면 벤저민은 전쟁 후 집에 돌아와 느꼈던 공포감을 잊고, 젊어진 자신의 모습을 순수하게 즐거워할 수 있었다. 딱 하나 마음에 걸리는 것이 있다면 아내와 함께 공식 석상에 나서는 것이었다. 힐더가드는 이제 쉰 살에 접어들었고, 아내의 모습을 볼 때마다 정말 끔찍한 기분이 들었기 때문이다……

IX

아들 로스코에게 회사를 맡기고 몇 년이 지난 1910년 9월의 어느 날, 스무 살가량 되어 보이는 청년이 케임브리지에 있는 하버드 대학의 신입생으로 입학했다. 그는 자신의 나이가 쉰에 가깝다거나 10년 전 아들이 이 대학을 졸업했다거나 하는 말은 일언반구조차 하지 않았다.

입학하자마자 벤저민은 동급생 중에서 뛰어난 학생으로 손꼽혔다. 평균 나이가 열여덟인 다른 신입생보다 조금 성숙해 보이는 생김새도 한몫했다.

무엇보나 그는 예일 대학과 벌인 풋볼 경기에서 가장 뛰어난 활약을 했다. 상대 팀에게 끝도 없이 냉혹하고 가차 없게 공격하면서 하버드 대학에 일곱 번의 터치다운과 열네 번의 필드 골을 안겨 주었다. 게다가 폭풍처럼 몰아치는 돌파력을 발휘해 상대 팀 선수들이 연달아 경기장 밖으로 실려나가게 했다. 그 후로 벤저민 버튼은 대학에서 가장 유명한 인물이 되었다.

그런데 이상하게 들리겠지만, 벤저민은 3학년 때 풋볼 팀에 '간신히' 남았다. 코치들은 그의 체중이 줄었다고 말했다. 키가 준 것도 눈에 띌 정도였다. 무엇보다 벤저민은 터치다운은

커녕 태클도 제대로 하지 못했다. 하지만 벤저민 버튼이라는 이름이 가진 엄청난 힘이 예일 대학에 공포감과 혼란을 안겨 주기 때문에 팀에 잔류할 수 있었다.

4학년이 되자 풋볼 팀에는 발을 디딜 수조차 없었다. 워낙 덩치가 작아져서 2학년 선수들 몇몇은 그를 신입생으로 취급할 정도였다. 그때마다 벤저민은 엄청난 모욕을 느꼈다. 외모로 보면 열여섯 살 정도밖에 안되어 보이는데 졸업반 수업을 듣고 있으니 신동 소리를 듣기도 했다. 게다가 동급생들의 세속적인 면에 충격을 먹었다. 공부는 점점 힘들어졌고 다른 친구들에 비해 실력이 떨어져 갔다. 그러다 동급생들이 '세인트 마이더스'라는 유명한 예비 학교에 대해 이야기하는 것을 들었다. 대학 진학을 목표로 하는 학생들 대부분이 그곳에 모인다고 했다. 벤저민도 졸업 후에는 그곳에 진학하리라 마음먹었다. 본인과 덩치가 비슷한 소년들 사이에서 생활하면 마음이 편할 것 같았기 때문이다.

1914년, 하버드 대학을 졸업한 벤저민 버튼은 주머니에 졸업장을 넣고 볼티모어의 집으로 돌아왔다. 힐더가드는 이탈리아에 살고 있었기 때문에 아들 로스코와 함께 지낼 참이었다. 아들은 밝은 얼굴로 아버지를 맞이했지만 따뜻하고 진심 어린 태도는 느낄 수가 없었다. 심지어 벤저민이 사춘기 소년 특유의 껄렁거리는 태도로 집 안을 어슬렁거리면 귀찮아했다. 이미 로스코는 볼티모어의 유력한 인사가 되어 결혼까지 했기 때문에 자신의 가족에 대한 어떠한 추문도 집 밖으로 새어나가지 않기를 바랐다.

벤저민은 더 이상 사교계 여성들이나 젊은 여대생들의 총애를 받는 존재가 아니었다. 열다섯 정도 되는 이웃 친구들 몇 명 외에는 혼자 있는 시간이 많았다. 그러다 세인트 마이더스로 진학하겠다는 벤저민의 열망이 다시금 되살아났다.

"있잖니." 어느 날 벤저민이 로스코에게 말했다. "예비 학교에 진학하고 싶다고 몇 번 얘기한 것 같은데."

"그렇게 가고 싶으면, 가세요." 로스코가 짧게 대답했다. 그는 별로 달갑지 않은 문제라서 되도록 입에 올리고 싶지 않았기 때문이다.

"나 혼자서는 안 돼. 네가 함께 입학하는 걸 도와줘야지."

"그럴 시간 없어요." 로스코는 시종일관 무뚝뚝하게 말했다. 그리고 실눈을 뜨고 못마땅한 표정으로 벤저민을 바라보았다.

"솔직히, 이제 그만하시면 좋겠어요. 제발 부탁이니까 정신 나간 짓 좀 하지 마세요. 이쯤에서…… 이쯤에서." 얼굴이 벌게진 그는 마땅한 표현을 골랐다. "그만하고 정상적으로 사시는 게 어때요? 장난이라고 해도 이건 너무 지나치잖아요. 이제 하나도 재미없다고요. 제발 처신 좀 똑바로 하세요!"

벤저민은 눈물이 가득 찬 눈으로 로스코를 바라보았다.

"그리고 하나 더요." 로스코가 말을 이었다. "집 안에 손님이 있을 때는 저를 로스코라고 부르지 마시고, 삼촌이라고 부르세요. 아시겠어요? 열다섯 살짜리 꼬마가 제 이름을 마구 불러댄다면 얼마나 황당하겠어요. 평소에도 그냥 삼촌이라고 부르시는 게 낫겠네요. 그럼 아버지도 익숙해지실 테니까요."

로스코는 매서운 눈으로 아버지를 노려보고는 등을 돌리고 가버렸다…….

X

아들과 이야기를 마치고 돌아온 벤저민은 울적한 심정으로 2층으로 올라갔다. 그리고 거울 속에 비친 자신의 모습을 바라보았다. 석 달째 면도를 하지 않았지만 솜털만 보송할 뿐 수염 하나 없이 말끔한 얼굴이었다. 처음 집으로 돌아왔을 때 로스코는 가짜 안경을 쓰고 가짜 턱수염을 붙이라고 했었다. 그 말을 듣고 버튼은 세상에 나오자마자 세간의 웃음거리가 되었던 상황이 되풀이되는 기분을 느꼈다. 게다가 콧수염은 너무 가려웠고 수치스러웠다. 벤저민이 울음을 터트리자 로스코도 마지못해 포기했다.

벤저민은 『비미니 만의 보이 스카우트』라는 제목의 동화책을 꺼내 읽기 시작했다. 읽는 내내 머릿속에는 전쟁터가 떠올랐다. 지난달에 미군이 연합군에 합류했다는 소식을 듣고 다시 입대하고 싶었다. 그러기 위해서는 열여섯 살이 넘어야만 하는데 불행하게도 벤저민은 이제 열네 살 정도로밖에 보이지 않았다. 물론 쉰일곱이라는 진짜 나이로도 입대하는 것은 불가능했다.

방문을 두드리는 소리가 났다. 집사가 들어오더니 커다란 문양이 찍힌 봉투를 건넸다. 벤저민 버튼 앞으로 온 것이었다. 벤저민은 신이 나서 편지 봉투를 뜯고 내용을 읽었다. 과거 미국과 스페인 전쟁에 참전했던 예비역들을 진급시켜 소집하고 있으니, 편지를 받는 즉시 부대로 복귀해 달라는 내용이었다. 미합중국이 벤저민을 예전보다 높은 준장 계급에 임명한다는 임명장까지 동봉되어 있었다.

벤저민 버튼은 열의에 가득 차 즉시 자리에서 벌떡 일어났다. 전쟁이야말로 그가 간절히 바라던 것이 아닌가. 그는 모자를 집어 들고 10분 후 찰스가에 있는 대형 양복점으로 들어갔다. 그리고 변성기 특유의 떨리는 목소리로 제복을 맞추고 싶으니 치수를 재달라고 부탁했다.

"애야, 군대놀이를 하고 싶어서 그러니?" 양복점 직원이 아무 뜻 없이 말했다.

벤저민의 얼굴이 분노로 벌게진 채 쏘아붙였다. "그러거나 말거나! 뭘 하던 무슨 상관이야! 내 이름은 벤저민 버튼이고 버넌 플레이스에서 왔어. 그러니 옷값 받을 걱정은 안 해도 되겠지?"

"글쎄다, 네가 돈을 안 주면 네 아버지가 와서 대신 내주시겠지. 알았다." 양복점 직원이 주춤거리며 대답했다.

벤저민은 치수를 쟀고 일주일이 지나서야 제복이 완성되었다. 하지만 군대놀이를 할 때는 YMCA 배지가 더 어울리고 훨씬 편할 거라는 양복점 직원의 고집 때문에 계급장을 제대로 부착하지 못했다.

어느 날 저녁, 벤저민은 로스코에게 아무 말도 하지 않고 몰래 집을 나왔다. 그리고 기차를 타서 앞으로 그가 지휘할 모스비 보병대가 주둔하고 있는 사우스캐롤라이나를 향해 이동했다. 후텁지근한 4월의 어느 날, 벤저민은 기차역에서부터 타고온 택시 기사에게 비용을 지불하고 차에서 내려 캠프 입구를 향해 걸어 들어갔다. 그리고 입구에 서있던 보초병을 보며 말했다.

"짐을 옮겨야 하니 병사 하나 불러와!" 그가 의기양양하게 말했다.

보초병은 꾸짖는 눈빛으로 그를 쳐다보았다. "애야, 장군 제복을 입고 어디를 가려고 그러니?"

미국과 스페인 전쟁의 참전 용사였던 벤저민 버튼은 분노 어린 시선으로 그를 노려보며 구령을 외쳤다. 하지만 변성기 소년 특유의 가느다란 목소리가 새어 나올 뿐이었다.

"차렷!" 벤저민은 천둥처럼 당당한 목소리를 내고 싶어서 다시 숨을 가다듬었다. 순간 보초병이 절도 넘치는 동작으로 발

뒤꿈치를 모으고 차렷 자세를 하는 것이 아닌가! 벤저민은 만족스러운 미소를 지었다. 그러나 바로 옆을 보는 순간 얼굴에서 미소가 싹 가셨다. 보초병이 차렷 자세를 취한 것은 벤저민 때문이 아니라 말을 타고 다가오는 포병대 대령 때문이었던 것이다.

"대령!" 벤저민이 새된 소리로 외쳤다.

대령이 말고삐를 당기고 멈춰서서 눈을 반짝이며 천천히 그를 훑어보았다. "꼬마야, 넌 누구니?" 그가 친절하게 물었다.

"이 꼬마가 누군지 확실하게 보여 주지!" 벤저민이 분노에 찬 목소리로 대꾸했다. "당장 그 말에서 내리지 못해!"

대령은 호탕한 웃음을 터뜨렸다.

"이 말이 탐나시나 보군요, 꼬마 장군님?"

"여기! 이걸 읽어봐!" 벤저민이 필사적으로 소리치며 얼마 전에 받은 임명장을 대령에게 내밀었다.

대령은 임명장을 보고 눈이 튀어나올 듯이 놀랐다.

"이건 어디서 났니?" 그는 임명장을 슬그머니 주머니에 집어넣으며 이렇게 말했다.

"미국 정부가 나한테 보내준 거야. 진실은 곧 알게 되겠지!"

"일단 나를 따라와." 대령이 미심쩍은 표정으로 말했다. "본부로 가서 어떻게 된 일인지 알아봐야겠다. 이쪽이다."

대령은 말머리를 돌려 본부를 향해 천천히 말을 몰았다. 벤저민은 최대한 위엄을 잃지 않으면서 그의 뒤를 따라갔다. 진위가 밝혀지면 곧바로 처절하게 응징하겠다고 다짐하면서.

하지만 벤저민이 다짐했던 응징은 끝내 실현되지 않았다. 그리고 이틀 후, 아들 로스코가 볼티모어에서 덥고 힘겨운 여정을 거쳐 찾아왔다. 그리고 제복을 빼앗긴 채로 엉엉 울고 있는 꼬마 장군을 데리고 집으로 돌아갔다.

XI

1920년에 로스코 버튼의 첫 아이가 태어났다. 새로 태어난 아이를 위해 파티가 열리는 동안 어느 누구도 구석에서 장난감 병정과 서커스 모형을 가지고 노는 작고 지저분한 열 살 꼬마에게 관심을 보이지 않았다. 바로 그는 태어난 아이의 할아버지 벤저민 버튼이었다.

가끔 우울해 보이기도 했지만, 언제나 생기 넘치고 명랑했기 때문에 그 소년을 싫어하는 사람은 아무도 없었다. 하지만 로스코 버튼에게는 그가 눈엣가시 같았다. 로스코는 아버지 문제를 자기 세대들이 흔히 말하듯 '비효율적'이라고 생각했다. 겉모습만 봐서는 예순 살처럼 보이지 않았고, '혈기왕성한 남자답게(로스코가 가장 좋아하는 표현이었다.)' 행동하지도 않았다. 도리어 유별나고 기괴한 행동만을 일삼을 뿐이었다. 그러니 아버지 문제를 30분만 생각해도 머리가 터져버릴 것만 같았다. 나이에 비해 '활동적'이고 젊게 사는 것은 좋지만, 정해진 선을 넘어선다는 것은 너무나도 비효율적으로 보였기 때문이다. 로스코는 이제 아버지 걱정을 하지 않기로 했다.

5년 후 로스코의 아들은 유모의 보호 아래 벤저민 버튼과 장난감을 가지고 놀 정도로 성장했다. 로스코는 한날한시에 아들과 아버지를 데리고 같은 유치원으로 갔다. 벤저민은 색종이를 자르고, 색칠 공부를 하고, 마분지를 잘라 목걸이나 다른 아름다운 것을 만드는 일을 세상에서 가장 즐거워했다. 한번은 말썽을 피워서 구석에서 벌을 서기도 하고 엉엉 울기도 했지만, 유치원에서 보내는 시간을 대체로 좋아했다. 창문으로 들어오는 따스한 햇살과 벤저민의 헝클어진 머리카락을 쓰다

듣는 베일리 선생님의 부드러운 손길이 좋았기 때문이다.

1년 후, 로스코의 아들은 초등학교에 입학했지만 벤저민은 유치원에 그대로 남았다. 벤저민은 행복했다. 하지만 가끔씩 다른 친구들이 나중에 커서 무엇이 될까 이야기할 때는 그의 얼굴에 어두운 그림자가 드리워졌다. 철부지 아이라고 해도 다른 아이들과 함께 이야기할 미래가 없다는 것을 어렴풋이

느끼는 것 같았다.

　그렇게 단조로운 일상이 거듭되면서 세월이 흘렀다. 이제는 더 작고 어려져서 3년 동안 유치원에 다녔지만 반짝이는 색종이를 가지고 무얼 할 수 있는지도 이해할 수 없게 되었다. 자기보다 몸집이 큰 친구가 무서워서 엉엉 울 때도 있었다. 선생님이 말을 걸면 무슨 뜻인지 알아듣지도 못했다.

결국 벤저민은 더 이상 유치원을 다닐 수가 없었다. 그리고 빳빳하게 풀을 먹인 체크무늬 드레스를 입은 유모 나나가 꼬마 벤저민의 작은 세계의 중심이 되었다. 화창한 날이면 나나와 함께 공원을 산책했다. 나나가 커다란 회색 괴물을 가리키며 "코끼리."라고 부르면 벤저민은 그 말을 따라했다. 그리고 밤에 침대에서 잠옷을 갈아입는 내내 큰 소리로 "코끼, 코끼, 코끼."라고 반복하곤 했다. 침대에서 폴짝폴짝 뛰면서 놀아도 나나가 별로 나무라지 않을 때도 있었다. 정말 재미있는 놀이였다. 털썩 주저앉으면 다시 위로 퉁겨 오르고, 길게 "아." 소리를 내면서 침대를 뛰고 있노라면 기분 좋은 떨림이 전해졌기 때문이다.

벤저민 버튼은 모자 선반에 놓인 커다란 지팡이를 들고 의자와 테이블을 이리저리 치면서 "싸우자, 싸우자, 얍, 얍!" 식으로 노는 것을 무척 좋아했다. 사람들이 많이 모인 곳에서 나이든 부인들이 끌끌 혀를 차는 것을 보면 신기해했고, 젊은 숙녀들이 뺨에 키스를 하려고 덤비면 무덤덤하게 볼을 내밀었다. 그렇게 놀고 오후 5시가 되면 나나와 함께 2층으로 갔다. 그리고 떠먹여 주는 오트밀과 맛있는 이유식을 받아먹었다.

천진난만하게 잠든 그의 꿈속에 파란만장했던 한때의 기억들은 하나도 없었다. 무모했던 대학 시절도, 수많은 여인들의 마음을 사로잡았던 시절도 더는 떠오르지 않았다. 그저 아기 침대 옆에 보이는 하얀 벽, 유모 나나, 가끔씩 그를 보러 오는 한 남자, 잠들기 직전 나나가 손가락으로 가리키며 "해."라고 부르는 오렌지색 공만 생각날 뿐이었다. 해가 지고 나면 그의 눈에는 졸음이 밀려왔고, 어떤 꿈도 잠든 벤저민을 괴롭히지 못했다.

병사들을 이끌고 산 후안 고지에서 공격했던 시간, 진정으로 사랑했던 힐더가드와 결혼하고, 신혼 초에 한여름 해 질 무렵까지 치열하게 일했던 시간, 할아버지와 함께 먼로가에 있는 옛 버튼 가문 저택에서 어둑해질 때까지 함께 담배를 피우며 보냈던 시간……. 이 모든 기억들이 한여름 밤의 꿈처럼 희미하게 사라졌다.

벤저민은 아무 기억이 없었다. 마지막으로 먹은 우유가 뜨거웠는지 차가웠는지, 하루하루가 어떻게 흘러갔는지도 기억하지 못했다. 그저 아기 침대와 나나의 모습만 떠오를 뿐이었다. 그마저도 그의 기억 속에서 완전히 사라지자 배가 고프면 엉엉 우는 게 전부였다. 밤낮으로 숨만 내쉬면서 가끔씩 나지막이 중얼거리는 소리와 소곤대는 목소리, 조금씩 달라지는 체취, 빛과 어둠만을 감지할 수 있었다.

그리고 모든 것이 어두워졌다. 하얀 침대와 가끔 어렴풋이 보이던 희미한 얼굴들, 달달하고 따뜻한 우유 냄새까지 모든 것들이 그의 기억 속에서 사라졌다.

기 드 모파상

Guy de Maupassant

목걸이

마치 운명의 장난처럼 평범한 월급쟁이 집안에서 예쁘고 매력적인 딸이 태어날 때가 있다. 그녀도 그런 여자들 가운데 하나였다. 그녀는 지참금이나 유산이 없었다. 그래서 부유하거나 집안 좋은 남자와 결혼할 수도 없었다. 결국 그녀는 교육부에서 근무하는 하급 공무원과 결혼했다.

그녀는 화려하게 치장할 수 있는 형편이 못 되어서 옷차림이 수수했다. 그러나 그녀는 마치 이전보다 자신의 지위가 낮아진 것처럼 수치스러워했다. 여자에게는 타고난 계급이나 인종에 관계없이 미모와 우아함과 매력이 곧 혈통과 가문을 대신하기 때문이었다. 타고난 명민함, 본능적인 우아함, 정신적 융통성이 있다면 평민 계급도 지체 높은 귀부인들과 나란히 설 수 있었다.

그녀는 하루하루가 고통스러웠다. 그녀가 생각하기에 자신은 우아하고 호화스러운 삶에 어울리는 사람이기 때문이었다. 누추한 집, 초라한 벽, 낡은 의자, 해진 옷감이 보일 때마다 그녀는 괴로웠다. 같은 처지의 여자라면 알아차리지도 못할 것들 때문에 그녀는 고통스러웠고 화가 치밀어 올랐다. 보잘것없는 그녀의 집에서 가사를 돌보는 브르타뉴 출신 여자아이를 볼 때면 후회가 물밀듯 밀려오며 공상에 집중하곤 했다. 그녀는 바닥에서 천장까지 동양풍으로 장식하고, 청동 촛대가 높이 솟아 있으며, 반바지 차림의 건장한 하인 두 명이 소파 위에 난로 열기로 몸을 구부리고 잠든 방을 떠올렸다. 또 오래된 비단으로 장식한 향기롭고 아기자기한 살롱도 상상했다. 귀중한 미술 세공품이 놓여 있는 곳에서 모든 여자들이 선망하는 명망 있고 세련된 남자들과 오후 5시에 한담을 하는 곳 말이다.

사흘 동안 빨지 않은 식탁보로 덮인 둥근 식탁에 앉아 저녁을 먹을 때면 남편은 스튜 냄비를 보며 들뜬 목소리로 "아! 맛있는 스튜네! 이보다 맛있는 것은 없을 거야……."라고 말했다. 그럴 때마다 그녀는 고급 만찬, 반짝이는 은 식기, 요정의 숲 한가운데를 배경으로 고대 사람들과 이국적인 새들이 그려진 장식용 융단을 떠올렸다. 화려한 식기에 차려진 분홍빛 송어와 들꿩 날개 요리를 먹으며 묘한 미소로 귓속말을 주고받는 환담도 상상했다.

하지만 그녀에게는 화장품이나 보석은커녕 아무것도 없었다. 그래도 그녀의 바람은 오직 하나, 사람들의 호감을 사고 선망의 대상이 되는 것이었다. 자신은 그런 사람이 되기 위해 태어난 것만 같았기 때문이다.

그녀에게는 부자인 기숙 학교 동창 한 명이 있었다. 그녀는 이제 그 친구를 만날 마음이 전혀 들지 않았다. 그 친구를 보는 일은 그녀에게 엄청난 괴로움을 안겨 주었기 때문이다. 그 친구를 보고 돌아오면 슬픔, 후회, 절망, 비탄에 빠져 하루 종일 울기만 했다.

그런데 어느 날 저녁, 그녀의 남편이 집으로 돌아와 으스대며 그녀에게 커다란 봉투 하나를 내밀었다.

"자, 당신을 위해 준비했소."

그녀는 허둥지둥 봉투를 뜯고는 초대장 한 장을 꺼냈다. 초
대장에는 이런 말이 쓰여 있었다.

교육부 장관 조르주 랭포 부부는 1월 18일 월요일 장관
관저에서 열리는 파티에 루아젤 부부를 초대하오니 오셔서
자리를 빛내 주시기 바랍니다.

그녀는 남편이 기대한 것처럼 기뻐하기는커녕 탁자에 초대
장을 신경질적으로 던져 버린 뒤 이렇게 중얼거렸다.

"이걸 가지고 뭘 어쩌라는 거예요?"

"여보, 난 당신이 좋아할 거라고 생각했는데. 도통 집 밖으
로 나가지 않는 당신에게 좋은 기회가 아니오! 내가 이 초대장
을 얻으려고 얼마나 노력했는지 모를 거요. 하급 공무원들에
게는 몇 장 주질 않았거든. 거기에 가면 이름 있는 사람들을
모두 볼 수 있을 거요."

그녀는 짜증 섞인 눈빛으로 남편을 바라보며 이렇게 말했다.

"그런 곳에 뭘 입고 가라는 거예요?"

그것까지 미처 생각지 못했던 그가 우물쭈물 말했다.

"극장에 갈 때 입었던 드레스 있잖소. 내 눈엔 그게 아주 좋아 보이던데……."

그는 당황하여 더 이상 말을 이을 수가 없었다. 아내가 울고 있었기 때문이다. 아내의 눈가에서 굵은 두 줄기의 눈물이 입가로 천천히 떨어졌다.

"왜, 왜 그러는 거요?" 그가 더듬거리며 말했다.

간신히 마음을 진정시킨 그녀는 눈물에 젖은 뺨을 닦으며 차분하게 대답했다.

"아무것도 아니에요. 저는 입을 옷이 없으니 그곳에 갈 수 없어요. 저보다 잘 치장하고 갈 수 있는 부인을 둔 동료에게 초대장을 주세요."

아내에게 미안해진 그가 말했다.

"이봐, 마틸드. 비싸지 않으면서 다른 파티에서도 입을 수 있는 옷을 사려면 얼마나 있어야 하오?"

그녀는 박봉의 공무원이 질겁하지 않을 만한 액수를 헤아리려 잠시 생각했다. 그리고 주저하며 말했다.

"정확히는 모르겠지만, 400프랑이면 될 것 같아요."

남편의 얼굴이 약간 창백해졌다. 내년 여름에 친구들과 낭테르 평원에서 사냥할 때 쓸 소총을 사기 위해 딱 그만큼의 돈을 저축해둔 터였다. 그 친구들과는 여름부터 일요일마다 종달새를 사냥하기로 계획해 놓기도 했다. 그렇지만 남편은 수락했다.

"좋아, 내 400프랑을 주리다. 당신이 원하는 예쁜 드레스를 사시오."

파티날이 다가오자 루아젤 부인은 우울하고 불안했다. 옷을 준비해 놓았는데도 말이다.

어느 날 저녁, 남편이 물었다.

"무슨 일 있소? 사흘 전부터 이상해 보이는데."

그녀가 대답했다.

"파티에 가면 나는 아주 초라해 보일 거예요. 차고 갈 보석이 하나라도 있어야죠. 파티에는 안 가는 게 낫겠어요."

남편이 말했다.

"꽃 장식을 하면 되잖소. 요즘 계절에 아주 딱일 거요. 10프랑이면 화려한 장미 두세 송이는 살 수 있잖소."

그녀는 조금도 수긍하지 않았다.

"아니요……. 부유한 여자들 사이에서 가난해 보이는 것만큼 수치스러운 일은 없어요."

남편이 외쳤다.

"당신도 참 바보 같구려! 당신 친구 포레스티에 부인에게 보석들을 빌려 달라고 하시오. 그 정도 부탁은 할 수 있는 사이잖소."

아내는 환호성을 질렀다.

"맞아요. 내가 왜 그 생각을 못했지."

다음 날, 그녀는 친구의 집으로 가서 자신의 처지를 이야기했다.

그러자 포레스티에 부인은 유리 장식장에서 커다란 보석함을 꺼내 열어 보이며 루아젤 부인에게 말했다.

"여기서 골라봐."

그녀는 우선 팔찌부터 보았다. 그리고 진주 목걸이, 보석이 박힌 베네치아 십자가, 감탄할 만한 솜씨로 금과 보석을 세공한 다른 장신구들을 차례로 보았다. 그녀는 거울 앞에 서서 장신구들을 하나하나 걸쳐볼 뿐 무엇을 골라야 할지 선뜻 결정을 내리지 못했다. 그녀가 물었다.

"다른 건 없어?"

"왜 없겠어. 찬찬히 살펴봐. 어떤 게 맘에 들지 모르겠네."

그녀의 눈에 검은색 새틴 상자 속 화려한 다이아몬드 목걸이가 띄었다. 걷잡을 수 없이 그녀의 가슴이 두근거렸다. 목걸이를 집어 드는 손도 떨렸다. 그녀는 목에 목걸이를 걸고는 거울 속에 비친 자신의 모습에 도취되었다.

그리고 그녀는 주저하며 물었다.

"이걸 빌려줄 수 있니? 다른 거 말고 이것만."

"그럼, 물론이지."

그녀는 친구의 목을 끌어안고 격하게 감사의 키스를 전한 뒤 그 보석을 가지고 재빨리 그 집을 나왔다.

드디어 파티 당일, 루아젤 부인은 성공했다. 그녀는 어느 여인보다 우아하고 상냥하며 아름다웠다. 그리고 너무 기쁜 마음에 얼굴에서 미소가 떠나지 않았다. 모든 남자들이 그녀를 쳐다보고, 그녀의 이름을 묻고, 그녀를 소개받으려고 했다. 고위 관리들도 모두 그녀와 춤을 추고 싶어 했다. 장관의 눈도 그녀를 향했다.

그녀는 기쁨에 취해 열광적으로 춤을 추었다. 자기 미모가 가져다준 승리와 영광, 온갖 찬사와 감탄, 그로 인해 일깨워진 모든 욕망의 구름 속에서 행복에 겨워 그녀는 더 이상 아무것도 생각할 수 없었다.

새벽 4시가 되어서야 그녀는 파티장에서 나왔다. 그녀의 남편은 자정부터 다른 남자들 셋과 작은 빈방에서 잠을 자고 있었다. 세 남자의 부인들은 마틸드처럼 마음껏 파티를 즐기고 말이다.

남편은 외출용 겉옷을 아내의 어깨에 걸쳐 주었다. 평상시에 입는 검소한 옷이어서 화려한 치장에는 어울리지 않았다. 이를 인식하자마자 그녀는 값비싼 모피를 두른 다른 여자들의 눈에 띄지 않으려고 도망치듯 빠져나오려 했다.

남편이 그녀를 붙잡았다.

"여보, 기다려요. 그렇게 나가면 감기에 걸려. 내가 마차를 부르겠소."

그렇지만 그녀는 듣지 않고 재빠르게 계단을 내려갔다. 두 사람이 밖으로 나왔을 때, 마차라고는 눈에 띄지 않았다. 마차를 찾았지만 저 멀리 지나쳐 가는 마차들만 보일 뿐이었다.

그들은 자포자기한 채 추위에 떨며 센 강 쪽으로 걸어갔다.

그들은 마침내 강변에서 밤에만 다니는 마차 한 대를 발견했다. 대낮에는 다닐 수 없을 정도로 초라해서 밤에만 움직일 것 같은 마차였다.

그들은 마차를 타고 마르티르가에 있는 집 앞까지 갔다. 그리고 침울하게 집으로 들어갔다. 그녀는 파티가 끝났다는 사실을, 남편은 내일 아침 10시까지 출근해야 한다는 사실을 떠올렸기 때문이다.

그녀는 거울 앞에서 어깨를 감싸고 있던 옷을 벗었다. 다시한 번 영광에 찬 아름다운 자신을 확인하고 싶었기 때문이다. 그러다 갑자기 소리쳤다. 목에 둘렀던 다이아몬드 목걸이가 보이지 않았기 때문이다.

벌써 반쯤 옷을 벗고 있던 남편이 다가와 물었다.

"여보, 무슨 일이오?"

그녀는 정신이 나간 듯 남편을 보았다.

"저……저…… 포레스티에 부인한테 빌린 다이아몬드 목걸이가 보이질 않아요."

남편이 몹시 당황하며 벌떡 일어섰다.

"뭐라고……! 어떡해……! 말도 안 돼!"

그들은 드레스와 외투의 접힌 부분 그리고 주머니 속까지 샅샅이 뒤졌다. 그렇지만 어디서도 목걸이를 찾을 수 없었다.

남편이 물었다.

"파티장을 떠날 때 목걸이를 하고 있었던 건 분명하오?"

"그럼요, 관저 현관에서 목걸이를 만졌는걸요."

"만약 길에 떨어졌으면 소리가 들렸을 텐데, 아무래도 마차 안에서 잃어버린 것 같소."

"네, 그런 거 같아요. 마차 번호 기억해요?"

"아니. 당신은 못 봤소?"

"못 봤어요."

그들은 망연자실하여 그대로 멍하니 있었다. 남편이 다시 옷을 입었다.

"우리가 걸어온 길을 내가 다시 가보겠소. 혹시 목걸이를 찾을 수도 있을 테니까."

그리고 남편은 밖으로 나갔다. 그녀는 누울 힘도 없어 불도 켜지 않고 드레스를 벗지도 않은 채 멍하니 의자에 주저앉아 있었다.

남편은 아침 7시가 되어서야 집으로 돌아왔다. 빈손이었다.

그는 경찰서와 신문사에 가서 보상금을 내걸고 목걸이를 찾는 광고를 냈다. 마차 회사에도 가보았다. 조금이라도 희망이 있는 곳이라면 어디든 마다하지 않고 갔다.

　그녀는 이 끔찍한 재앙으로 겁에 질려 하루 종일 남편을 기다렸다.

　남편은 창백하고 핼쑥한 얼굴로 저녁이 되어 집으로 돌아왔다. 그는 아무것도 찾지 못했다.

　"친구에게 편지를 써요. 여보. 목걸이 고리를 망가뜨려서 수리를 해야 한다고. 그러면 시간을 좀 더 벌 수 있을 거요."

　그녀는 남편이 불러 주는 대로 편지를 받아썼다.

　하지만 일주일이 지나도 목걸이를 찾을 수 없었다. 그들은 모든 희망을 잃고 말았다.

　그 사이 5년은 늙은 것 같은 남편이 말했다.

　"그 목걸이를 대신할 것을 찾아야겠소."

　이튿날, 두 사람은 목걸이가 담겨 있던 상자 안에 쓰인 이름의 보석 가게를 찾아갔다. 보석상은 장부를 살펴보고 말했다.

　"부인, 저는 그 목걸이를 팔지 않았습니다. 그저 상자만 드렸어요."

부부는 비슷한 목걸이를 찾기 위해 기억을 더듬으며 여러 상점에 문의했다. 돌아다니는 두 사람 모두 우울과 불안으로 아픈 사람 같았다.

그들은 팔레 루아얄의 한 보석 가게에서 잃어버린 것과 너무나도 비슷하게 생긴 다이아몬드 목걸이를 발견했다. 목걸이는 4만 프랑이었다. 보석상은 3만 6000프랑까지 깎아 주겠다고 했다.

두 사람은 보석상에게 앞으로 사흘 동안 그 목걸이를 팔지 말아 달라고 부탁했다. 그리고 2월 말까지 잃어버린 목걸이를 찾는다면 보석상이 3만 4000프랑에 도로 사주겠다는 약속도 받아 냈다.

남편에게는 아버지가 남겨준 1만 8000프랑이 있었다. 나머지는 빌려야 했다.

그는 이 사람에게 1000프랑, 저 사람에게 500프랑, 여기서 5루이, 저기서 3루이를 빌렸다. 어음을 쓰고, 저당을 잡히고, 고리대금업자니 온갖 대부업자들과 거래를 했다. 남은 평생을 다 바쳐도 그 돈을 다 갚지 못할 수도 있지만 그는 위험을 무릅쓰고 서명을 했다. 그를 덮쳐올 절망적 가난, 온갖 물질적

제약, 정신적 고통이 있을 미래를 생각하면 불안했지만 그래도 그는 보석상 계산대에 3만 6000프랑을 올려놓고 목걸이를 사왔다.

루아젤 부인은 목걸이를 가지고 포레스티에 부인에게 갔다. 그러자 포레스티에 부인은 짜증을 내며 말했다.

"좀 더 일찍 돌려줘야지. 나도 이 목걸이가 필요했거든."

포레스티에 부인은 상자를 열어 보지 않았다. 목걸이가 바뀐 것을 알아챘다면 무슨 생각을 할까? 무슨 말을 할까? 친구인 자신을 도둑으로 취급할까?

이제 루아젤 부인은 궁핍하게 생활해야 했다. 저 무시무시한 빚을 갚아야 했기 때문이다. 그녀는 모든 것을 담대하게 받아들였다. 꼭 빚을 갚으리라. 하녀를 내보냈다. 집도 처마 밑 다락방으로 옮겼다.

그녀는 몸소 엄청난 집안일과 부엌일을 다했다. 설거지도 직접 했다. 매일 기름 묻은 식기와 냄비 바닥을 닦느라 그녀의 분홍빛 손톱은 다 닳았다. 더러워진 내의와 셔츠 그리고 걸레도 빨아 빨랫줄에 널어 말렸다. 매일 아침, 그녀는 숨가쁘게 계단을 오르락내리락하며 쓰레기를 내다 놓고 물을 길어 왔다. 그리고 하층 계급 여자처럼 옷을 입고 팔에 바구니를 낀 채 과일 가게, 식료품 가게, 정육점에 가서 욕을 먹으면서도 한 푼이라도 아끼기 위해 흥정을 마다하지 않았다.

그렇게 매달 갚아 나갔지만 그래도 여전히 갚지 못하는 차용증은 만기일을 바꿔 가며 시간을 벌어야 했다.

남편은 매일 저녁 어떤 상인의 장부 정리를 도와줬다. 밤에는 한 장당 5수(약 18세기까지 존재했던 프랑스 화폐 단위. 현재까지도 관용적 표현으로 사용되고 있다. - 옮긴이 주)만 받고 복사본 만드는 일을 하기도 했다.

이런 생활이 10년 동안 계속되었다.

10년 후, 그들은 모든 빚을 다 갚았다. 고리대금 이자와 이자의 이자까지도 모두 갚았다.

이제 루아젤 부인은 늙어 보였다. 그녀는 가난한 집안의 강하고 거친 아낙이 되어 있었다. 정돈되지 않은 머리, 아무렇게나 걸친 치마, 벌건 손가락의 그녀는 물을 첨벙대며 바닥을 닦고, 크게 떠들었다. 그렇지만 남편이 일을 하러 나가면 이따금 창가에 앉아 자신이 그토록 아름답고 환영받았던 그 파티를 떠올리곤 했다.

그 목걸이를 잃어버리지 않았다면 어떻게 되었을까? 그 누가 알 수 있겠는가? 인생이란 얼마나 기묘하고 변화무쌍한 것인지! 얼마나 사소한 일로 우리 인생이 파멸되거나 구제받을 수 있는지!

어느 일요일, 그녀는 고된 집안일에서 벗어나 휴식을 취하기 위해 샹젤리제에서 산책을 하고 있었다. 그때 아이와 함께 산책을 하는 한 부인이 눈에 들어왔다. 포레스티에 부인이었다. 부인은 여전히 젊고 아름다웠다.

루아젤 부인은 고민했다. 그녀에게 말을 걸까? 물론 그래야지. 이제 빚도 다 갚았으니 모든 것을 말할 것이다. 말 못할 이유가 없지 않은가?

그녀는 포레스티에 부인에게 다가갔다.

"안녕, 잔느."

상대는 루아젤 부인을 전혀 알아보지 못했다. 하층 계급의 여자가 자신을 친근하게 불러서 놀랄 뿐이었다. 그녀가 더듬거리며 말했다.

"그런데⋯⋯부인⋯⋯! 저는⋯⋯부인을 잘 모르겠는데요. 사람을 잘못 보신 것 같군요."

"아니야. 나 마틸드 루아젤이야."

그녀의 친구가 소리를 질렀다.

"오……! 가여운 마틸드, 어떻게 이렇게 변했니……!"

"너를 마지막으로 만나고 나서 일이 많았지. 너무 고생을 많이 했는데……그게 다 너 때문이야……!"

"나 때문이라고……? 어째서?"

"장관이 여는 파티에 가려고 너에게 다이아몬드 목걸이를 빌렸잖아."

"그랬지, 그게 왜?"

"그때 나는 그 목걸이를 잃어버렸어."

"뭐라고! 나에게 돌려줬잖아."

"똑같이 생긴 다른 목걸이었어. 그 목걸이 값을 치르는 데 10년이 걸렸지. 너도 알겠지만 우리 같은 사람한테 그 목걸이를 사는 게 쉬운 일은 아니잖아……. 그렇지만 지금은 다 갚았어. 이제 아주 마음이 편해."

포레스티에 부인이 우뚝 멈춰 섰다.

"빌려준 목걸이 대신 다른 다이아몬드 목걸이를 샀다고?"

"응. 너는 알아채지 못했겠지! 모양이 똑같았으니까."

그리고 그녀는 자랑스러운 듯 기쁨에 찬 미소를 지었다.

포레스티에 부인은 무척 당황하며 친구의 두 손을 잡았다.

"오! 가여운 마틸드! 내 목걸이는 가짜였어. 기껏해야 500프

랑밖에 되지 않는……!"

보석

랑탱은 직장 상사가 주관한 파티에서 한 아가씨를 보자마자 그물에 걸린 것처럼 사랑에 빠졌다.

그녀는 몇 해 전에 죽은 지방 세무관의 딸이었다. 세무관이 죽은 뒤 그녀의 어머니는 그녀를 데리고 파리로 왔다. 그리고 그녀의 혼처를 알아보고자 몇몇 중산층 저택을 드나들었다.

그들은 가난하면서도 점잖고 온화했다. 그 아가씨는 어느 남자라도 결혼하고 싶을 만큼 정숙한 여인의 전형이었다. 그녀의 모습은 순결한 천사같이 아름다웠으며 항상 엷게 미소를 짓고 있었고 마음씨도 온화해 보였다.

모두가 그녀를 칭송했다. 그녀를 아는 사람이라면 누구나 이렇게 말했다. "그녀를 데려가는 남자는 행복할 거야. 그녀보다 괜찮은 아가씨는 없을 테니까."

그래서 연봉으로 3500프랑을 받는 내무부 사무관 랑탱은 그녀에게 청혼했고 그녀와 결혼했다.

그는 믿기지 않을 만큼 행복했다. 그녀는 그들이 부유하게 보일 정도로 알뜰하게 살림을 꾸렸다. 남편에게도 최선을 다해 사랑을 표현했다. 그래서 결혼한 지 6년이 지났지만 남편 역시 처음 만난 때보다 그녀를 더 사랑했다.

다만 그녀의 두 가지 취미만큼은 마음에 들지 않았다. 바로 극장에 가는 것과 가짜 보석을 좋아하는 것이었다.

그녀의 친구들(알고 지내는 하급 관리 부인 몇 명)은 인기 있거나 개막하는 연극의 표를 마련해 주었다. 그리고 그녀는 남편이 좋아하든 싫어하든 꼭 부부 동반으로 공연에 참석했다. 그러나 남편은 하루 업무를 마치고 오면 매우 피곤했다. 결국 다음부터는 아는 부인들과 함께 연극을 보러 가라고 아내에게 부탁했다. 처음에 그녀는 남편 없이 가는 것이 이상하다고 반대했다. 하지만 남편을 배려하기 위해 그렇게 하기로 결심했다.

그는 그런 그녀가 한없이 고마웠다.

그런데 극장을 다니면서 그녀에게 몸치장 욕구가 생겼다. 원래 그녀의 치장은 아주 단순했다. 그래도 오히려 그녀의 온화함과 우아함이 더욱 돋보이는 고상하고도 검소한 옷차림이었다. 하지만 언제부턴가 그녀의 귀에는 큰 모조 다이아몬드 귀걸이가, 목에는 모조 진주 목걸이가, 팔에는 도금 팔찌가 걸려 있었다. 그밖에도 천연 보석을 흉내낸 형형색색의 유리 장신구가 걸쳐져 있곤 했다.

이러한 치장이 탐탁지 않은 남편은 종종 이렇게 말했다. "여보, 진짜 보석을 살 돈이 없으면 당신이 지닌 아름다움과 우아함으로 치장하면 될 게 아니오. 그것이 훨씬 더 귀한 보석이 아니겠소."

이에 그녀는 온화하게 웃으며 이렇게 대답했다. "왜요? 난 이게 좋은걸요. 당신 말대로 악취미가 맞지만 고칠 수는 없어요. 나는 보석이 좋단 말이에요!"

그러면서 진주 목걸이의 반짝이는 면을 이리저리 비추며 이렇게 말했다. "얼마나 잘 만들었는지 좀 보세요. 사람들은 진짜라고 생각할 걸요."

이에 그도 웃으면서 이렇게 말하곤 대화를 끝냈다. "집시 같은 취향을 가졌군."

이따금 저녁에 단둘이 난롯가에 앉으면 그녀는 함께 차를 마시고 있는 테이블 위로 랑탱이 '싸구려'라고 부르는 물건들이 담긴 모로코 가죽 상자를 가지고 왔다. 그리고 비밀스럽고 심오한 기쁨을 맛보듯이 세심하게 가짜 보석들을 살펴봤다. 남편의 목에 목걸이 하나를 억지로 걸고는 마음껏 웃기도 했다. "당신 정말 우스꽝스러워요!" 그리고는 그의 품에 달려들어 정신없이 그를 껴안았다.

어느 겨울밤, 오페라에 다녀온 그녀가 오한으로 몸을 바들바들 떨었다. 다음 날 그녀는 기침을 시작했고, 일주일 후에 폐렴으로 죽고야 말았다.

랑탱은 무덤까지 그녀를 따라가고 싶었다. 한 달 만에 머리가 하얗게 셀 정도로 그는 지독한 절망에 빠졌다. 추억에, 그녀의 미소에, 그녀의 목소리에, 온갖 매력적인 그녀의 환영에 사로잡혀 영혼이 갈가리 찢기는 고통을 느끼며 그는 아침부터 저녁까지 울기만 했다.

시간이 흘러도 그의 고통은 조금도 줄어들지 않았다. 일하는 동안 동료들이 다가와 아내와 전혀 상관없는 이야기를 해도 갑자기 그의 뺨이 부풀어 오르고 코는 찡긋거리며 눈에는 눈물이 가득 차올랐다. 그리고 그는 오열했다.

그는 죽은 아내의 방을 고스란히 두고 매일 그 방에 틀어박혀 그녀를 생각했다. 모든 가구와 그녀의 옷들이 여전히 그 자리에 있었다.

반면 그의 생활은 궁핍해져 갔다. 아내가 살림할 때는 풍족했던 그의 봉급이 이제 혼자 먹고살기에도 부족했다. 그는 어떻게 아내가 그 보잘것없는 수입으로 매일 고급 포도주와 맛있는 요리를 준비했는지 궁금했다.

그는 이제 돈을 구하러 백방으로 뛰어다녀야 했다. 그러다 월급날까지 일주일이 남았는데 1수도 없던 날 아침, 결국 무언가를 내다팔 궁리를 시작했다. 그리고 아내의 '싸구려'부터 처분해야겠다고 생각했다. 모조품에 대한 일종의 적개심이 여전히 그의 마음 깊숙이 남아 있었기 때문이다. 매일 그 물건들이 눈에 띄는 것만으로 사랑하는 아내에 대한 추억이 조금씩 망가지고 있기도 했다.

그는 오랫동안 아내가 남긴 모조품 더미를 뒤졌다. 아내는 죽는 날까지 거의 매일 저녁 새로운 물건을 샀기 때문이다. 마침내 그는 아내가 어느 것보다 좋아하던 커다란 목걸이를 팔기로 마음먹었다. 가짜치고는 매우 섬세하게 세공이 되어 있어 6프랑이나 8프랑은 받을 수 있을 것 같았다.

그는 주머니에 목걸이를 넣고 내무부가 있는 쪽 큰길을 따라 걸으며 믿을 만한 보석 가게가 있는지 찾아보았다.

마침내 한 가게가 그의 눈에 띄었다. 초라한 행색으로 값도 얼마 나가지 않을 물건을 판다고 생각하니 수치스러웠지만 그래도 가게로 들어갔다.

"저기, 이 물건이 얼마나 하는지 알고 싶습니다." 그가 보석상에게 물었다.

보석상은 물건을 받아 들더니 이리저리 돌려 보면서 살펴보고, 무게를 달고, 확대경으로 들여다보았다. 그리고 점원을 불러 나지막이 몇 마디 주의를 주고는 목걸이를 계산대 위에 올려놓았다. 그런 다음 좀 더 정확하게 감정하기 위해 멀찌감치 떨어져 목걸이를 바라보기도 했다.

랑탱은 수선을 떠는 보석상에 거북해하며 이렇게 말했다. "아! 그 물건이 가치가 없다는 것은 잘 알고 있습니다." 그러자 보석상이 말했다.

"선생님, 이 물건은 1만 2000 내지 1만 5000프랑의 가치를 지닌 물건입니다. 다만 선생님께서 이 물건을 어디서 구했는지 정확히 알려 주셔야만 제가 돈을 지불할 수 있습니다."

그는 놀라움으로 눈이 커지고 입이 벌어졌다. 도저히 이해가 되지 않아 더듬거리며 물었다. "방금 말씀하신 게…… 그게 정말인가요?" 보석상은 그가 놀라는 것을 오해하고는 쌀쌀맞게 대꾸했다. "이보다 더 많이 쳐주는 데가 있는지 한번 알아보세요. 저는 1만 5000까지밖에 드릴 수 없습니다. 더 높게 값을 쳐주는 데가 없으면 다시 여기로 오시겠죠."

랑탱은 목걸이를 다시 손에 들고 혼자서 곰곰이 생각해 봤다. 그리고는 완전히 얼이 빠진 채로 가게를 나왔다.

가게를 나오자마자 그는 웃음이 삐져나왔다. '바보 같으니! 아! 바보 같아! 그 말을 진짜라고 생각할 뻔했잖아! 진짜와 가짜도 구별 못하는 보석상이 있다니!'

그리고 그는 페(paix)가 초입의 다른 보석 가게로 들어갔다. 보석을 보자마자 보석상이 소리쳤다. "아! 그렇지. 이 목걸이는 제가 잘 알죠. 우리 가게에서 판 것이거든요."

랑탱은 몹시 당황하며 물었다.

"이 목걸이가 얼마죠?"

"선생님, 이 목걸이를 2만 5000프랑에 팔았습니다. 법에 따라 선생님이 어떻게 이것을 소유하게 되었는지 알려 주시면 1만 8000프랑에 바로 매입하겠습니다." 이 말을 듣자 랑탱은 놀라움으로 몸이 굳은 채 의자에 주저앉았다. 그리고 말을 이었다. "그렇지만……잘 감정해 주세요. 지금까지 저는 그 목걸이를……가짜라고 생각했거든요."

보석상이 말했다. "선생님 성함을 말씀해 주시겠어요?"

"물론이죠. 저는 랑탱이라고 합니다. 내무부에서 일하고 있어요. 마르티르가 16번지에 살고 있습니다."

보석상은 장부를 펴고 찾아보더니 말했다.

"이 목걸이는 1876년 7월 20일에 마르티르가 16번지, 랑탱부인 주소로 배달된 것이 맞습니다."

너무 놀라 넋을 잃은 랑탱과 그를 도둑으로 의심하는 보석상, 두 남자는 서로를 빤히 쳐다보았다.

"이 물건을 스물네 시간 동안만 제게 맡겨 주시겠습니까? 영수증은 드리겠습니다." 보석상이 말을 이었다.

"물론이죠, 그렇게 하겠습니다." 랑탱이 더듬거리며 말했다. 그리고 영수증을 접어 주머니에 넣고는 가게에서 나왔다.

그는 길을 건넜다. 그리고 길을 따라 올라갔다. 하지만 길을 잘못 들었기 때문에 튈르리 궁전 쪽으로 다시 내려가 센 강을 건넜다. 그러나 또다시 길을 잘못 든 것을 알아차리고 뚜렷한 생각 없이 샹젤리제 거리로 갔다. 그는 이성적으로 생각해 보려고 노력했다. 그의 아내는 그만한 가격의 물건을 살 능력이 없었다. '그렇지, 선물로 받은 것이다! 선물! 도대체 누구한테서? 무엇 때문에?'

그는 걸음을 멈추고 길 한가운데에 섰다. 끔찍한 의심이 그의 머리를 스쳐 지나갔다. '아내가? 그렇다면 다른 보석들도 전부 선물이란 말인가!' 땅이 흔들리고 그 앞에 선 나무가 그를 덮치는 것 같았다. 곧바로 그는 의식을 잃으며 두 팔을 뻗은 채 풀썩 쓰러졌다.

그가 의식을 차린 곳은 약국이었다. 지나가던 행인들이 그곳으로 옮겼기 때문이다. 그는 집으로 돌아가 방구석에 틀어박혔다.

밤이 깊도록 그는 미친 듯이 울었다. 소리를 내지 않으려고

손수건을 물어뜯기도 했다. 그리고는 완전히 녹초가 된 채 침대에 누워 깊은 잠에 빠져들었다.

그는 아침 햇살에 잠에서 깼다. 그리고 출근하기 위해 천천히 일어났다. 그러한 일을 겪은 후에 출근하는 것은 무척 힘든 일이었다. 그래서 그는 핑곗거리를 생각하고 상사에게 편지를 썼다. 그리고 수치심 때문에 벌게진 얼굴로 오랫동안 곰곰이 생각하고, 보석 가게에 다시 가겠다고 결심했다. 목걸이를 그 가게에 계속 둘 수는 없었다. 그는 옷을 입고 집을 나섰다.

날씨는 화창했다. 도시 위로 펼쳐진 넓고 푸른 하늘이 미소 짓는다고 느껴질 정도였다. 주머니에 손을 넣은 채 산책하는 사람들도 있었다.

랑탱은 그들을 바라보며 생각했다. '돈이 많으면 얼마나 행복할까! 돈이 있으면 슬픔에서도 쉽게 빠져나올 수 있잖아. 원하는 곳에 갈 수도 있고, 기분 전환 삼아 여행도 갈 수 있고! 아! 내가 부자였으면!'

이틀 전부터 아무것도 먹지 못한 랑탱은 배가 고팠다. 그렇지만 그의 주머니는 비어 있었다. 그때 목걸이가 생각났다. 1만 8000프랑! 1만 8000프랑! 그건 아주 큰돈이 아닌가!

그는 폐가로 접어들어 보석 가게 앞을 이리저리 서성였다. 1만 8000프랑! 1만 8000프랑! 하지만 가게로 들어가려 하다가도 수치심이 여전히 그의 걸음을 멈추게 했다.

그렇지만 그는 너무 배가 고팠다. 수중에는 한 푼도 없었고 말이다. 그는 불현듯 결심을 하고 생각할 시간을 없애려는지 뛰어서 길을 건너 보석 가게로 빠르게 들어갔다.

그를 본 보석상은 친절하고 정중하게 앉을 자리를 내어 주었다. 점원들 역시 재미있다는 표정을 하고 곁눈질로 랑탱을 쳐다보았다.

보석상이 말했다. "선생님, 제가 조회를 해봤습니다. 여전히 팔 의향이시라면, 제가 말씀드렸던 금액을 선생님께 지불하겠습니다."

랑탱이 더듬거리며 대답했다. "네, 그러시죠."

보석상은 서랍을 열어 커다란 지폐 열여덟 장을 꺼내어 세고는 랑탱에게 건넸다. 그는 작은 영수증에 서명을 한 뒤 떨리는 손으로 건네받은 돈을 주머니에 넣었다.

그리고는 가게를 나가려고 하다가 여전히 미소 짓고 있는 보석상을 향해 돌아섰다. 그리고 눈을 아래로 깔며 말했다. "같

은 경위로 제가 다른 보석들을 가지고 있는데⋯⋯그것들도 사
시겠습니까?"

보석상은 고개를 숙이며 말했다. "물론입니다." 점원 하나가
마음껏 웃으려고 가게에서 뛰쳐나갔다. 그리고 다른 점원은
세게 코를 풀었다.

랑탱은 얼굴이 붉어졌지만 태연하게 말했다.

"다른 보석들도 가져오겠습니다."

그는 보석을 가지러 마차를 잡아탔다. 한 시간 후 그는 다시
보석 가게를 찾았다. 여전히 식사는 하지 않은 상태였다. 보석
상은 물건들을 하나하나 살펴보고 감정했다. 대부분이 그 가
게에서 판 물건이었다.

랑탱은 이제 가격을 흥정하고, 화를 내고, 판매 장부를 보여
달라고 요구했다. 그리고 가격을 올리기 위해 언성을 높이기
도 했다.

커다란 다이아몬드 귀걸이는 2만 프랑, 팔찌는 3만 5000프
랑, 브로치, 반지, 목걸이에 거는 메달은 1만 6000프랑, 에메
랄드와 사파이어 장신구는 1만 4000프랑, 금줄 목걸이에 달
린 다이아몬드는 4만 프랑, 모두 합쳐 19만 6000프랑이었다.

보석상은 약간 빈정거리는 말투로 말했다. "원래 주인 분은 모든 재산을 보석에 투자하셨나 봅니다."

랑탱이 점잖게 대꾸했다. "그것도 투자 방법 중 하나이지요." 그리고 그는 다음날 보석상과 다시 감정하기로 하고 가게를 나왔다.

거리로 나온 그는 앞에 보이는 방돔 광장 기둥이 보물찾기 기둥이라도 되는 양 그 위로 올라가고 싶었다. 하늘을 찌를듯 높은 황제의 동상 위로 개구리뜀할 수 있을 것처럼 마음이 가볍기도 했다.

그는 부아쟁 식당에서 점심을 먹으면서 한 병에 20프랑짜리 포도주를 마셨다.

그리고는 마차를 잡아타고 숲을 한 바퀴 돌았다. 그는 마차꾼을 무시하듯 바라보고, 행인들을 향해 이렇게 외치고 싶은 기분이 들었다. '나도 부자란 말이다, 나도. 내게는 20만 프랑이 있어!'

직장이 생각났다. 그는 내무부로 마차를 돌렸다. 그리고 곧바로 그의 상사 방으로 들어가 말했다. "국장님, 사표를 제출하러 왔습니다. 유산으로 30만 프랑을 상속받았거든요." 그런

다음 옛 동료들과 악수를 나누고 그의 새로운 인생 계획을 들려주었다. 그리고 카페 앙글레에서 저녁을 먹었다.

　기품 있어 보이는 한 신사가 옆에 앉자 그는 약간의 허영심 때문에 40만 프랑의 유산을 상속받았다고 으스대고 싶어 입이 근질거렸다.

　그는 극장에 갔다. 난생 처음으로 지루하지 않았고 그날 밤 이후로 여자들과 밤을 보냈다.

　여섯 달 후, 그는 재혼했다. 그의 두 번째 아내는 매우 정숙했으나 성격이 까다로웠다. 그녀는 그를 무척이나 들볶았다.

오스카 와일드
Oscar Wilde

행복한 왕자

　도시 한가운데 위치한 높고 둥근 기둥 위에 '행복한 왕자' 조각상이 우뚝 서있었다. 왕자의 몸은 황금으로 덮여 있었고, 눈동자에는 반짝이는 사파이어가, 칼자루에는 크고 붉은 루비가 박혀 있었다.

　행복한 왕자를 보는 사람들은 저마다 찬사를 금치 못했다. "마치 수탉 모양의 풍향계처럼 멋지단 말이야." 시의회 의원은 예술품을 보는 눈이 있다는 평판을 얻고 싶어 이렇게 말했다. "물론 실용성은 떨어지지만." 혹시라도 다른 사람들이 자신을 실용적이지 못한 사람이라고 생각할까봐 그렇게 덧붙였다. 실제로 그는 실용적인 면을 중시하는 사람이긴 했다.

"행복한 왕자 좀 보고 배우지 그러니?" 달을 따달라고 칭얼 거리는 아들에게 감성이 부족한 엄마는 이렇게 말했다. "행복 한 왕자는 이루지 못할 것을 탐하거나 보채는 법이 없단다."

"세상에 진정으로 행복한 사람이 한 명이라도 있다니, 정말 로 다행이야." 실의에 빠진 한 남자는 눈부실 정도로 아름다 운 조각상을 바라보며 이렇게 중얼거렸다.

"정말 천사 같아요." 밝은 다홍색 망토에 희고 깨끗한 앞치 마를 두른 보육원 아이들이 교회 밖으로 나서며 말했다.

"너희가 그걸 어떻게 알아?" 수학 선생님이 물었다. "천사를 본 적도 없으면서."

"아! 꿈에서 천사를 봤어요." 아이들이 한목소리로 입을 모 아 대답했다.

수학 선생님은 이맛살을 잔뜩 찌푸리며 엄한 표정을 지었다. 아이들이 헛된 꿈을 꾸는 걸 싫어했기 때문이다.

어느 날 밤, 작은 제비 한 마리가 도시로 날아왔다. 다른 친 구들은 6주 전에 이집트로 날아갔지만, 그 제비는 아름다운 갈대와 사랑에 빠져 홀로 남아 있었다. 초봄에 커다랗고 노란

나방을 따라서 강가를 날아가다가 우연히 갈대의 잘록한 허리를 보고 넋이 빠져 다가가 말을 걸었다.

"당신을 사랑해도 되겠습니까?" 단도직입적인 것을 좋아하는 제비는 이렇게 물었다. 갈대는 제비를 보며 살짝 허리를 굽혔다. 그러자 제비는 갈대 주위를 휘휘 맴돌면서 강물 끝에 날개를 살짝 스쳐 반짝이는 잔물결을 만들어 냈다. 이는 제비만의 구애 방식이었다. 그리고 구애는 여름 내내 계속되었다.

"정말 어리석은 짓이야." 다른 제비들이 재잘거렸다. "그 갈대는 돈도 없고 친척들만 수두룩하잖아." 정말로 강가에는 다른 갈대들이 가득했다. 그리고 가을이 오자 다른 제비들은 전부 날아갔다.

친구들이 전부 떠나버리자, 제비는 외로워졌고 갈대에게 슬슬 싫증을 내기 시작했다. "말을 걸어도 대꾸가 없어." 제비가 투덜거렸다. "아무래도 바람둥이인 것 같아. 바람이 불 때마다 몸을 비비 꼬면서 교태를 부리잖아." 정말로 바람이 불면 그 갈대는 우아하게 몸을 구부렸다. "게다가 만날 강가에만 있지." 제비가 계속 말을 이었다. "내가 여행을 좋아하는데 당연히 내 짝도 여행을 좋아해야 하지 않겠어?"

"나와 함께 떠나지 않을래요?" 마침내 제비가 갈대에게 물었다. 하지만 자신이 사는 곳에 애착이 컸던 갈대는 살랑살랑 고개를 흔들었다.

"나를 가지고 놀았군요." 제비가 외쳤다. "난 피라미드가 있는 곳으로 가겠습니다. 잘 있어요!" 제비는 곧바로 떠나 버렸다.

제비는 하루 종일 하늘을 날아 밤이 되어서야 이 도시에 이르렀다. "오늘 밤에는 어디서 잠을 자지? 적당히 눈 붙일 곳이 필요한데."

바로 그때 높은 기둥 위에 서있는 행복한 왕자가 제비의 눈에 들어왔다. "저기가 좋겠군." 제비가 외쳤다. "공기도 맑고 저기서 하루를 쉬어야겠다." 제비는 왕자의 발 사이에 사뿐히 내려앉았다.

"황금 침실이 따로 없군." 제비는 주위를 두리번거리며 나

지막이 중얼거리고 잠들 채비를 했다. 날개 밑으로 머리를 집어넣으려는 찰나, 머리 위로 커다란 물방울이 뚝 떨어졌다.

"정말 신기하네!" 제비가 외쳤다. "하늘에 구름 한 점 없고 별도 저리 밝게 빛나는데 빗방울이 떨어지다니. 북유럽 날씨는 정말 한치 앞을 알 수가 없다니까. 그 갈대도 비를 좋아했지. 하지만 자기만 비를 좋아하면 뭐해."

또다시 빗방울이 떨어졌다.

"빗방울도 막지 못하다니, 아무리 황금으로 만들어도 무슨 소용이람?" 제비가 말했다. "따뜻한 굴뚝이나 찾아봐야겠어." 제비는 다른 곳으로 날아가려 했다.

그런데 제비가 날개를 펼치기도 전에 세 번째 빗방울이 떨어졌다. 제비는 고개를 들어 위를 보았다. 아! 제비는 무엇을 보았을까?

행복한 왕자의 눈가에 눈물이 가득 고여 있었다. 눈물은 황금색 뺨을 타고 주르륵 흘러내렸다. 하얀 달빛에 비춘 왕자의 얼굴이 어찌나 아름다운지 작은 제비의 가슴이 아려 왔다.

"당신은 누구세요?" 제비가 물었다.

"난 행복한 왕자라고 해."

"그런데 왜 울고 있죠?" 제비가 물었다. "왕자님 눈물 때문에 제가 흠뻑 젖었잖아요."

"조각상이 되기 전 인간의 심장을 가지고 살 때는 눈물이 뭔지도 몰랐어." 왕자가 대답했다. "걱정거리라곤 전혀 없는 프랑스 상수시(근심 걱정이 없다는 뜻의 프랑스어—옮긴이 주) 궁전에 살고 있었거든. 그곳은 슬픔이 비집고 들어올 수 없는 곳이었어. 낮에는 친구들이랑 정원에서 뛰놀고 밤에는 궁전 파티에서 신나게 춤을 췄지. 엄청나게 높은 담이 정원을 둘러싸고 있었는데, 난 한번도 담 너머에 무엇이 있는지 알려고 하지 않았어. 내 주변의 모든 것들이 너무나 아름다웠거든. 신하들은 나를 행복한 왕자라고 불렀고 정말로 행복했지. 내가 누렸던 즐거움이 행복이라면 말이야. 나는 그렇게 살다가 죽었어. 그리고 사람들은 세상을 떠난 나를 기리기 위해 이렇게 높은 곳에 조각상을 만들어 세웠지. 그런데 그때부터 나는 도시의 온갖 비참한 모습을 보아온 거야. 그래서 내 심장은 지금 납으로 만들어져 있지만 너무나 슬퍼서 이렇게 눈물이 계속 난단다."

'뭐라고? 전부 금으로 만든 건 줄 알았는데 그게 아니었잖아!' 제비가 속으로 중얼거렸다. 제비는 워낙 예의가 바른 편이라 속마음을 겉으로 드러내지는 않았다.

"저 멀리." 행복한 왕자가 부드럽고 낮은 목소리로 계속 이야기했다. "골목에 가난한 집이 있어. 창문 하나가 활짝 열려 있어서 테이블에 앉은 여자의 모습이 보이지. 비쩍 마르고 지친 얼굴이야. 바느질을 하다가 여기저기 찔려서 손이 빨갛고 너무나 거칠어. 다음 궁정 무도회에서 왕비의 들러리 시녀가 입을 새틴 드레스에 시계꽃을 수놓고 있어. 방구석에 놓인 침대에는 아들이 앓아누워 있고. 아들은 열이 많이 나. 오렌지가 먹고 싶다고 엄마를 조르고 있지. 하지만 엄마는 강에서 길어 온 물 말고는 달리 줄 것이 없어. 하지만 아들은 계속 칭얼거리지. 제비야, 제비야, 착한 제비야. 내 칼자루에 박힌 루비를 빼서 저 집에 가져다주지 않을래? 나는 받침대에 두 발이 고정되어 있어서 움직일 수가 없거든."

"이집트에 간 친구들이 기다려요." 제비가 대답했다. "지금쯤 나일 강을 오르내리면서 커다란 연꽃들과 즐겁게 수다를 떨고 있을 거예요. 그러다가 위대한 왕의 무덤가로 겨울잠을 자러 가겠지요. 왕은 아름답게 칠한 관 속에 누워 있죠. 왕은 죽을 때 노란 리넨 천으로 몸을 감싸고 연녹색 옥 목걸이를 건 채 향료를 사용해서 미라가 되었어요. 양손은 시든 잎사귀처럼 바짝 말랐고요."

"제비야, 제비야, 착한 제비야." 행복한 왕자가 말했다. "하룻밤만 여기 머물면서 내 심부름을 해주렴. 저 꼬마는 너무 목이 마르고, 꼬마의 엄마는 너무나 슬퍼하는구나."

"사내아이들은 질색이에요." 제비가 대답했다. "작년 여름 강가에 머무를 때 방앗간 집 아들 두 녀석이 어찌나 심술궂은지 나만 보면 돌멩이를 집어던졌어요. 물론 요리조리 잘 피해 다녔죠. 우리 제비들은 그깟 돌멩이 따위에 맞을 정도로 낮게 날진 않으니까요. 게다가 제가 민첩하기로 소문난 집안 출신이거든요. 그렇지만 그 녀석들이 얼마나 심술궂게 굴었는지 아직도 기억이 생생해요."

하지만 행복한 왕자의 실망한 표정을 보니 작은 제비도 마음이 아팠다. "여기는 무척 춥네요.." 제비가 말했다. "하지만 오늘 밤엔 왕자님 곁에 있으면서 심부름을 해드릴게요."

"고맙구나, 착한 제비야." 행복한 왕자가 말했다.

그래서 제비는 왕자의 칼자루에 박혀 있던 커다란 루비를 뽑아서 부리에 물고 도시의 지붕 너머로 훨훨 날아갔다.

제비는 새하얀 대리석에 천사들이 조각된 성당의 탑을 지나 갔다. 그리고 궁전을 지날 때였다. 무도회 연주 소리가 들렸 다. 어느 아름다운 소녀가 애인과 함께 발코니에 나와 있었 다. "밤하늘 별들이 정말 멋져요." 남자가 말했다. "사랑의 힘 도 정말 멋지죠!" "무도회가 열리기 전까지 드레스가 완성되 면 좋겠어요." 소녀가 대답했다. "드레스에 시계꽃을 수놓아 달라고 했거든요. 그런데 재봉사가 너무 게을러요."

　제비는 강 위를 날다가 배의 돛대 위에 걸려 있는 등불들을 보았다. 유대인 동네를 지나가다 나이 든 유대인들이 흥정을 하고 구리 저울로 돈의 무게를 재는 모습도 보았다. 마침내 제 비는 가난한 재봉사의 집에 도착했다. 아이는 열이 많이 나는 지 침대에서 연신 뒤척거렸다. 엄마는 피로를 이기지 못하고 곤히 잠들어 있었다. 제비는 폴짝 뛰어서 집 안 테이블 위에 있는 골무 옆에 루비를 가만히 내려 놓았다. 그리고 침대 위를 조용히 날아다니며 날갯짓으로 아이의 이마에 부채질을 해주 었다.

　"어휴, 시원해." 아이가 말했다. "이제 몸이 낫는 것 같아." 그리고는 달콤한 잠 속으로 빠져들었다.

그리고 제비는 행복한 왕자에게 돌아가서 자신이 어떤 일을 했는지를 이야기했다. "정말 신기해요. 날씨가 이렇게 추운데 가슴이 따뜻해지는 것 같아요."

"네가 착한 일을 했기 때문이야." 왕자가 말했다. 작은 제비는 잠시 생각에 잠겼다가 그대로 잠이 들었다. 심각한 생각만 할라치면 잠들기 때문이었다.

다음 날 해가 뜨자, 제비는 강가로 가서 깨끗하게 목욕했다. "정말 놀라운 일이군!" 우연히 다리를 건너가던 조류학 교수가 그 광경을 보고 이렇게 외쳤다. "한겨울에 제비라니!" 그는 강가에서 목격한 제비에 대해 긴 글을 써서 지역 신문에 기고했다. 모두들 그 글에 나오는 수많은 단어들을 제대로 이해하지 못했기 때문에 교수가 쓴 글을 그대로 인용하기 바빴다.

"오늘 밤에는 정말 이집트로 갈 거야." 제비가 중얼거렸다. 이집트로 떠날 생각을 하니 벌써부터 힘이 솟는 것 같았다. 제비는 도시에 있는 공공 기념물을 전부 찾아가본 다음 교회 첨탑 꼭대기에 한참 앉아서 시간을 보냈다. 제비가 가는 곳마다 참새들이 나타나 서로 짹짹거리며 이야기를 했다. "정말 잘생긴 제비잖아!" 제비는 그 말을 듣고 내심 흐뭇했다.

달이 뜨자 제비는 행복한 왕자가 있는 곳으로 날아갔다. "이 집트로 갈 건데 뭐 시키실 일이라도 있으신가요? 이제 출발하려고요."

"제비야, 제비야, 착한 제비야." 행복한 왕자가 말했다. "오늘 하룻밤만 더 머물러 주면 안 되겠니?"

"이집트에서 친구들이 기다린다니까요." 제비가 말했다. "내일이면 친구들이 나일 강의 두 번째 폭포까지 날아갈 거예요. 나일 강의 골풀 사이사이에는 커다란 하마들이 웅크리고 있고, 커다란 화강암으로 만든 왕좌에는 멤논 신이 앉아 있어요. 멤논 신은 밤새도록 하늘에 뜬 별을 쳐다보다가 동이 틀 무렵 샛별이 반짝거리면 기쁨의 탄성을 지른답니다. 그리고는 다시 조용히 입을 다물죠. 정오가 되면 누런 사자들이 강가로 와서 목을 축이고요. 사자의 눈은 초록색 녹주석 같아요. 으르렁거리는 소리는 폭포에서 물이 떨어지는 소리보다 우렁차고요."

"제비야, 제비야, 착한 제비야." 행복한 왕자가 말했다. "저 멀리 보이는 다락방에 한 청년이 산단다. 종이로 뒤덮인 책상에 웅크리고 있는데, 바로 옆에 놓인 컵에는 시든 제비꽃이 꽂혀 있지. 갈색 곱슬머리에 입술은 석류처럼 붉고 커다란 눈동자는 마치 꿈을 꾸는 것 같구나. 극장 감독에게 보낼 각본을 쓰는데, 날씨가 너무 추워서 더는 쓸 수가 없나봐. 벽난로 불씨도 완전히 꺼지고 배가 고파서 곧 쓰러질 것 같아 보여."

"오늘 하룻밤만 더 있을게요." 정말 마음씨가 착한 제비는 이렇게 말했다. "이번에도 루비를 가져다줄까요?"

"이런! 루비는 그거 하나뿐이었어." 왕자가 말했다. "이제 남은 건 두 눈뿐이란다. 매우 진귀한 사파이어로 만든 거야. 1000년 전에 인도에서 가져온 것이지. 그걸 하나 뽑아서 청년에게 가져다주렴. 보석상에 가져다 팔면 음식과 땔감을 살 수 있을 거야. 그럼 각본도 마무리할 수 있을 테고."

"왕자님, 그건 못해요." 제비는 훌쩍거리기 시작했다.

"제비야, 제비야, 착한 제비야." 행복한 왕자가 말했다. "울지 말고 내가 시키는 대로 하렴."

마침내 제비는 왕자의 눈에 박힌 사파이어를 뽑아서 청년의 다락방으로 날아갔다. 지붕에 구멍이 있어서 방 안으로 들어가는 것은 어렵지 않았다. 청년은 두 손으로 머리를 감싸고 있어 제비의 날개 소리를 듣지 못했다. 잠시 후 고개를 들고, 시든 제비꽃 위에 놓인 아름다운 사파이어를 발견했다.

"드디어 나를 후원해 주는 사람이 생겼어!" 청년이 외쳤다. "내 작품의 진가를 알아주는 사람이겠지. 이제 각본을 마무리할 수 있겠어." 청년은 매우 행복해 보였다.

다음 날 제비는 항구로 날아갔다. 그리고 커다란 배의 돛대에 앉아 선원들이 큼직한 상자를 밧줄에 매달아 끌어 올리는 모습을 지켜보았다. "영차, 영차, 힘내!" 선원들은 밧줄을 당기며 서로에게 외쳤다. "드디어 이집트로 간다!" 제비가 소리쳤지만 아무도 관심을 보이지 않았다. 달이 뜨자 제비는 다시

행복한 왕자가 있는 곳으로 날아왔다.

"왕자님, 작별 인사를 하러 왔어요." 제비가 외쳤다.

"제비야, 제비야, 착한 제비야." 행복한 왕자가 말했다. "제발 하룻밤만 더 머물러 주지 않겠니?"

"이제 겨울이에요." 제비가 대답했다. "곧 차가운 눈이 내릴 거라고요. 반면 이집트에는 녹색 야자나무에 따뜻한 햇살이 비출 거예요. 악어들도 진흙 위에 엎드려서 유유히 주변을 둘러보며 시간을 보내겠죠. 친구들은 바알베크 신전에 둥지를 틀고 있을 거고요. 분홍 비둘기들과 하얀 비둘기들이 친구들을 보고 구구거리겠죠. 왕자님, 미안하지만 이제는 정말 가야겠어요. 하지만 절대로 왕자님을 잊지 않을게요. 내년 봄에 돌아올 때는 왕자님이 사람들에게 준 보석보다 아름다운 보석을 가지고 돌아올게요. 장미꽃보다 더 붉은 루비와 망망대해보다 더 푸른 사파이어를 말이에요."

"저 아래 광장에." 행복한 왕자가 말했다. "조그만 성냥팔이 소녀가 있단다. 배수로에 성냥을 빠트리는 바람에 모두 못 쓰게 됐지. 만일 집에 성냥을 팔아서 돈을 벌어 가지 않는다면 아빠한테 매를 맞을 거야. 그래서 지금 울고 있구나. 추운 날

씨인데 양말은커녕 구두도 신지 못했어. 맨발인데다 모자도 쓰지 않았고. 내 눈을 마저 뽑아서 저 소녀에게 가져다주렴. 그럼 소녀는 아빠한테 맞지 않을 거야."

"그럼 오늘 하루만 더 왕자님 곁에 있을게요." 제비가 말했다. "그렇지만 왕자님의 남은 눈까지 뺄 수는 없어요. 그럼 왕자님은 장님이 될 테니까요."

"제비야, 제비야, 착한 제비야." 왕자가 말했다. "걱정 말고 내가 시키는 대로 하렴."

어쩔 수 없이 제비는 왕자가 시키는 대로 남은 사파이어를 뽑아서 광장 쪽으로 날아갔다. 제비는 성냥팔이 소녀 옆으로 쏜살같이 날아가 작은 손바닥에 사파이어를 툭 떨어트렸다. "정말 예쁜 유리 조각이네!" 성냥팔이 소녀가 외쳤다. 그리고 활짝 웃으면서 사파이어를 들고 집으로 뛰어갔다.

잠시 후 제비는 다시 행복한 왕자가 있는 곳으로 돌아왔다. "이제 왕자님이 앞을 볼 수 없으니, 제가 왕자님 곁에서 지켜드릴게요."

"아니야, 제비야." 장님이 된 왕자가 말했다. "이제 이집트로 떠나렴."

"그냥 왕자님과 함께 있을래요." 제비는 그렇게 말하고 왕자의 발치에서 잠이 들었다.

다음 날에도 제비는 행복한 왕자의 어깨에 하루 종일 앉아 있었다. 그리고 낯선 나라의 이야기들을 왕자에게 들려주었다. 나일 강변에 길게 줄을 지어 서있다가 긴 부리로 금붕어를 잡아먹는 붉은 따오기, 세상만큼 나이를 먹어서 모르는 게 없는 사막의 스핑크스, 호박으로 만든 염주를 들고 낙타 옆에서 천천히 걷는 상인들, 흑단처럼 새까맣고 커다란 수정을 섬기며 달의 산에 사는 왕의 이야기를 들려주었다. 야자나무에서 잠자는 거대한 초록 뱀, 그 뱀에게 꿀이 든 케이크를 먹이는 사제 스무 명, 커다란 호수 위에서 평평하고 널찍한 잎을 타고 떠다니며 항상 나비들과 전쟁을 벌이는 피그미족도 이야기해 주었다.

"착한 제비야." 왕자가 말했다. "정말 놀라운 이야기들이구나. 하지만 그보다 놀라운 것은 저 고통 속에서 살아가는 사람들이야. 빈곤(Misery)보다 더한 미스터리(Mystery)는 없지. 착한 제비야, 도시 위로 날아다니면서 사람들을 보고 나에게 이야기해 주겠니?"

제비는 행복한 왕자가 시키는 대로 거대한 도시 위를 날아다녔다. 부자들은 으리으리한 집에 살면서 행복하게 살았다. 하지만 거지들은 현관에 쭈그리고 앉아 있었다. 어두컴컴한 골목에서는 너무 굶주려서 창백한 아이들이 기운 없이 어두운 거리를 내다보고 있었다. 다리 밑 아치형 입구에는 어린 소년 둘이 서로 팔을 끌어안고 어떻게든 추위를 견뎌 보기 위해 애를 쓰고 있었다. "너무 배가 고파!" 그들은 말했다. "여기서 자면 안 돼!" 야경꾼의 말에 소년들은 어쩔 수 없이 빗방울이 떨어지는 거리로 걸어나가야 했다.

　제비는 다시 행복한 왕자에게 돌아와 자신이 본 것을 그대로 전했다.

　"내 몸은 순금으로 덮여 있단다." 왕자가 말했다. "그걸 한 조각씩 떼어 불쌍한 사람들에게 나눠 주렴. 세상 사람들은 금을 가지면 행복해질 수 있다고 생각하거든."

　제비는 왕자의 몸을 덮은 순금을 한 조각씩 떼어 냈다. 행복한 왕자는 시커멓고 칙칙한 알몸이 되었다. 제비는 작은 금 조각을 불쌍한 사람들에게 나눠 주었다. 어린아이들은 기쁜 마음에 얼굴이 장밋빛처럼 홍조를 띤 채 거리를 폴짝폴짝 뛰어

다녔다. "이제 빵을 사먹을 수 있어!" 아이들이 소리쳤다.

이윽고 하얀 눈이 내렸다. 그다음 서리가 내렸다. 거리는 은을 씌운 것처럼 눈부시게 반짝거렸다. 집집마다 처마에 긴 고드름이 수정으로 만든 단검처럼 매달렸다. 사람들은 두꺼운 털옷을 입고 거리를 오갔다. 아이들은 자주색 모자를 쓰고 얼음판 위에서 스케이트를 탔다.

불쌍한 제비는 점점 더 추위를 탔다. 하지만 행복한 왕자의 곁을 떠나지 않았다. 왕자를 너무나 사랑했기 때문이다. 제비는 빵가게 주인이 없는 틈을 타서 가게 앞에 떨어진 빵 부스러기를 쪼아 먹었고 날개를 퍼덕이면서 어떻게든 몸을 따스하게 만들려고 애썼다.

마침내 제비는 죽을 날이 가까워 온다는 것을 감지했다. 이제 왕자의 어깨까지 한 번 날아갈 힘밖에 남지 않았다. "왕자님, 이제 정말 가야겠어요!" 제비가 힘없이 말했다. "왕자님의 손에 입을 맞춰도 될까요?"

"착한 제비야, 드디어 이집트로 가는구나. 정말 다행이야!" 왕자가 말했다. "나 때문에 이곳에 너무 오래 있었잖니. 손등 말고 내 입술에 입을 맞추렴. 나는 너를 너무 사랑하거든."

"이집트로 가는 게 아니에요." 제비가 대답했다. "죽음의 집으로 가요. 죽음은 잠의 형제잖아요, 그렇죠?"

제비는 행복한 왕자의 입술에 입을 맞추고 발밑에 떨어져 죽었다.

바로 그때 행복한 왕자 안에서 부서지는 소리가 들렸다. 납으로 만든 심장이 반으로 쪼개어진 것이었다. 된서리가 엄청 내렸던 모양이다.

다음 날 아침 일찍 시장이 시의원들과 함께 아래쪽 광장을 걷고 있었다. 둥근 기둥 앞에서 시장은 고개를 들어 행복한 왕자를 바라보았다. "맙소사! 행복한 왕자가 거지가 됐잖아!"

"정말 거지꼴이네요!" 시장의 말이라면 언제나 맞장구를 치기 바쁜 시의원들이 입을 모아 말했다. 그리고 조각상을 자세히 보기 위해서 위쪽으로 올라갔다.

"칼자루에 박혀 있던 루비도 사라지고, 사파이어 눈동자 두 개도 빠져버렸잖아. 게다가 순금까지 전부 벗겨졌어." 시장이 말했다. "누가 봐도 거지나 다름없군!"

"정말 거지와 다를 바가 없네요." 시의원들이 옆에서 맞장구를 쳤다.

"게다가 발밑에 죽은 새도 있어!" 시장이 말했다. "앞으로 새는 조각상 근처에서 죽으면 안 된다는 성명서를 발표해야겠군!" 옆에 있던 서기는 시장의 말을 그대로 받아 적었다.

그들은 행복한 왕자를 끌어내렸다. "행복한 왕자가 아름답지 않으니 쓸모도 없군." 미술을 가르치는 대학 교수가 말했다.

그들은 뜨거운 용광로에 행복한 왕자를 넣고 녹였다. 시장은 조각상을 녹인 금속을 어떻게 할지 결정하려고 회의를 소집했다. "당연히 새로 조각상을 만들어야지!" 시장이 말했다. "이번에는 내 모습을 조각상으로 만들어 세워야겠어."

"아닙니다, 제 조각상을 만들어야죠." 시의원들이 저마다 자기 조각상을 만들겠다고 앞다투다가 큰 언쟁이 벌어졌다. 마지막으로 들은 바로 시의원들의 다툼은 여전히 계속되고 있다고 한다.

"정말 이상한 일이야!" 주조 공장에서 일하는 인부가 말했다. "반으로 쪼개진 납 심장은 아무리 뜨거운 용광로에 넣어도 절대로 녹질 않는군. 아무래도 갖다 버려야겠어." 왕자의 심장이 죽은 제비가 있는 쓰레기 더미 속으로 내던져졌다.

"이 도시에서 가장 귀한 두 가지를 가지고 오너라." 하나님이 천사에게 말했다. 그러자 천사는 납으로 된 심장과 죽은 제비를 하나님에게 바쳤다.

"제대로 골랐구나." 하나님이 말했다. "이 작은 새는 천상의 정원에서 영원히 노래를 부르게 하고, 행복한 왕자는 황금 도시에서 나를 섬기도록 하라."

캔터빌의 유령

물질관념론*적 로맨스

I

미국인 목사 하이람 B. 오티스가 캔터빌 저택을 매입한다고
하자 모두가 매우 어리석은 짓이라고 말했다. 그 저택에 유령
이 출몰하기 때문이었다. 명예를 소중하게 여기는 캔터빌 경
은 오티스에게 계약 조건을 이야기할 때 그 사실도 알려야 한
다고 생각했다.

"우리 가문 사람들은 캔터빌 저택을 싫어합니다." 캔터빌 경

---

* 영국의 소설가이자 철학가였던 콘스턴스 네이든(Constance Naden)이 주장한 개념. 오스카
와일드가 칭하는 로맨스가 일반 로맨스가 아닌 고딕풍 로맨스에 가깝다는 점을 암시한다.

이 말문을 열었다. "저의 대고모님이신 볼턴 공작 미망인께서는 저녁 만찬용 드레스를 입던 중 자신의 어깨를 감싸는 해골의 손을 보고 겁에 질려 발작을 일으키셨습니다. 그리고 다시는 일어나지 못하셨죠. 오티스 씨, 캔터빌 저택에서 유령을 본 것은 비단 저의 가족뿐만이 아닙니다. 교구 신부이자 케임브리지 대학 킹스 칼리지의 선임 연구원이신 오거스터스 댐피어 신부님도 두 눈으로 똑똑히 유령을 목격하셨거든요. 대고모님께 사고가 생긴 후 젊은 하인들은 전부 이곳을 떠났고, 제 부인도 복도와 서재에서 들리는 이상한 소리 때문에 밤잠을 제대로 이루지 못한답니다."

"오, 하느님!" 오티스가 대답했다. "현재 시가대로 저택의 가구와 유령까지 전부 사겠습니다. 저는 돈이면 사지 못할 게 없는 현대적인 나라에서 왔습니다. 기세등등한 미국의 젊은이들은 구세계(유럽, 아시아, 아프리카—옮긴이 주)를 붉은색(미국의 국기를 일컫는 것으로 보인다.—옮긴이 주)으로 물들이고 유럽 최고의 배우들과 프리마 돈나를 영입하고 있죠. 정말로 유럽에 유령이 존재한다면 머지않은 미래에 미국 박물관이나 거리에서 전시될 겁니다."

"안타깝지만 유령은 진짜 존재합니다." 캔터빌 경이 미소를 지으며 말을 이었다. "진취적인 미국의 극장 단장들이 아직 인정을 하지 않은 모양이지만요. 캔터빌 저택의 유령은 300년 전부터, 정확히 말하면 1584년부터 세상에 모습을 드러냈습니다. 우리 가문의 누군가가 세상을 떠나기 직전에는 반드시 나타났지요."

"캔터빌 경, 그거야 주치의도 마찬가지아닙니까? 이 세상에 유령 같은 건 존재하지 않습니다. 제아무리 영국 귀족이라고 해도 자연의 법칙을 거스르며 살 수는 없을 테니까요."

"미국인들은 정말 자연스럽군요." 목사의 마지막 말을 제대로 이해하지 못한 캔터빌 경이 대꾸했다. "집 안에 유령이 있어도 개의치 않는다니 말입니다. 어쨌거나 제가 미리 경고를 했다는 점만 기억해 주십시오."

몇 주 후 캔터빌 저택의 계약은 마무리되었다. 계절이 바뀌기 직전에 오티스 목사의 가족은 캔터빌 저택으로 이사를 했다. 결혼 전 웨스트 53번가의 루크리티아 R. 태편 양으로 불리던 오티스 부인은 한때 뉴욕 사교계에서 손꼽히는 미인이었다. 그녀는 중년인데도 여전히 아름다운 눈매와 뛰어난 미모를 유지하고 있었다. 고국을 떠나온 다수의 미국인 부인들은 향수병으로 괴로워해야만 유럽식의 우아함을 지닌다고 생각했다. 하지만 오티스 부인은 그러지 않았다. 태생적으로 건강한 데다 동물적인 활력이 넘친다고 할까. 사실 오티스 부인은 거의 영국인이나 다름없었다. 요즘 영국이 언어를 제외하고 거의 모든 것을 미국과 공유하고 있다는 걸 보여 주는 좋은 사례였기 때문이다. 오티스 부부의 장남은 그들의 애국심이 최고조를 달하던 때에 태어났기 때문에 워싱턴이라는 이름을 갖게 되었다. 금발의 그는 호남형으로, 자기 이름에 불만이 많았다. 하지만 뉴포트카지노에서 세 시즌 연달아 저먼 댄스(18세기 초 프랑스에서 시작된 코티용 댄스—옮긴이 주)를 이끌면서 자신도 모르게 미국 외교 사절 역할을 했다. 심지어 런던에서 그의 이름을 알 사람이 있을 정도였다. 가데니아 꽃 같은 고풍스러움이 없고, 귀족 계급이 아니라는 것이 그의 유일한 약점이었다. 그러나 다른 면에서는 매우 분별력 있는 청년이었다. 둘째 딸 버지니아 E. 오티스 양은 열다섯 살의 소녀로 새끼 사슴처럼 나긋나긋하고 사랑스러웠다. 파랗고 커다란 눈동자에는 순진무구함과 자유로움이 깃들어 있었다. 아마존의 여전사 같은 면도 있어서 한번은 조랑말을 타고 연세 지긋한 빌튼 경과 누가 먼저 공원을 두 바퀴 도는지 시합을 했다. 그 결과 아킬레스 조각상 바로 앞에서 말 한 마리 길이보다 앞서서 그녀가 승리를 거두었다. 이를 본 젊은 체셔 공작은 그녀에게 홀딱 빠져 그 자리에서 청혼했지만, 그날 밤 후견인들에 의해 눈물을 펑펑 흘리며 이튼 학교로 돌아가야 했다. 버지니아 다음으로는 쌍둥이가 태어났다. 두 아이는 항상 쌩 소리를 내며 돌아다녔기 때문에 '별과 줄'(성조기를 가리키는 말이기도 하다.─옮긴이 주)이라고도 불렸다. 그들은 쾌활한 소년들이었고 가족 중 존경받는 오티스 목사만 제외하면 유일한 공화당원이었다.

캔터빌 저택은 가장 가까운 기차역인 애스컷에서 11킬로미터가량 떨어져 있었다. 오티스가 전보로 미리 사륜마차를 대기시켜 놓은 덕분에 가족은 편안하게 집으로 향했다. 7월의 아름다운 저녁, 소나무의 향이 가을 공기를 타고 은은하게 풍겼다. 가끔씩 청명한 목소리를 뽐내는 듯한 산비둘기의 노랫소리가 들렸고, 양치류 덤불 속 깊숙이 숨어서 바스락거리는 꿩의 하얀 가슴털이 살짝 보이기도 했다. 작은 다람쥐들은 굴참나무를 오르내리며 오티스 가족을 보았고, 토끼들은 새하얀 꼬리를 바짝 세우고 숲에서 이끼 낀 언덕으로 요란하게 달아났다. 하지만 오티스 가족이 캔터빌 저택의 진입로로 들어서자 시커먼 구름이 하늘을 뒤덮으면서 사방이 어두워졌다. 묘한 적막감이 대기를 채웠고, 머리 위로는 시커먼 떼까마귀들이 유유히 날아다녔다. 그리고 굵은 빗방울이 우두둑 떨어지기 시작했다.

캔터빌 저택의 현관 층계에서 비단 옷을 말끔하게 입고 하얀 모자와 앞치마를 두른 나이 지긋한 아주머니가 새 주인을 맞이했다. 바로 가정부 엄니 부인이었다. 캔터빌 여사가 간곡하게 부탁하여 오티스 부인은 가정부를 그대로 고용했다. 가정부는 마차에서 오티스 가족이 내리자 오래된 예법에 맞춰 고개를 숙이고 정중하게 인사했다. "캔터빌 저택에 오신 것을 환영합니다." 오티스 가족은 가정부 엄니 부인을 따라서 멋들어진 튜터 왕조식의 서재로 들어갔다. 천장이 낮고 검은 오크나무로 벽을 장식한 긴 방이었다. 끝에는 커다란 스테인드글라스 창문이 달려 있었다. 가정부는 이곳에 오티스 가족을 위한 따뜻한 차를 마련했다. 가족은 외투를 벗고 자리에 앉아 주위를 둘러보았고 엄니 부인은 옆에서 시중을 들었다.

순간 오티스 부인의 눈에 벽난로 바로 옆 바닥에 묻은 붉은 자국이 보였다. 부인은 그게 어떤 자국인지도 모른 채 엄니 부인에게 말했다. "바닥에 뭔가 묻은 것 같네요."

"네, 마님." 가정부가 낮은 목소리로 대답했다. "바닥에 피가 흘렀던 자국입니다."

"어머나, 끔찍해라." 오티스 부인이 외쳤다. "거실에 핏자국이 있는 건 싫어요. 당장 깨끗하게 지워 주세요."

엄니 부인은 야릇하게 미소를 지으며 낮고 은밀하게 대답했다. "저것은 엘리노어 드 캔터빌 부인의 핏자국이랍니다. 1575년에 정확히 저 자리에서 부군이셨던 사이먼 드 캔터빌 경의 손에 살해당하셨죠. 사이먼 경은 그 후로 9년을 더 사시다가 흔적도 없이 사라지셨어요. 어디에서도 그분의 시체를 발견할 수 없었죠. 하지만 아내를 죽인 죄책감 때문인지 그분의 영혼은 캔터빌 저택을 떠나지 못하고 있습니다. 관광객과 다른 이들이 저 핏자국을 매우 신기해한답니다. 물론 쉽게 지워지지도 않고요."

"말도 안 돼." 워싱턴 오티스가 소리쳤다. "핑커튼의 챔피언

얼룩 제거제와 파라곤 만능 세제만 있으면 뭐든 말끔히 지울 수 있어요." 워싱턴은 겁에 질린 가정부가 말리기도 전에 바닥에 무릎을 대고 검은 화장품 막대기 같은 것을 핏자국에 열심히 문질렀다. 잠시 후 자국은 흔적도 없이 사라졌다.

"핑거튼 얼룩 제거제라면 가능할 줄 알았다니까." 놀라워하는 가족을 보며 으쓱해진 워싱턴이 말했다. 그런데 그 말이 끝나기도 전에 번개가 번쩍 치더니 어둡던 거실이 환해졌다. 무시무시한 천둥소리에 소스라치게 놀란 오티스 가족이 전부 자리에서 벌떡 일어났고 엄니 부인은 그대로 기절해 버렸다.

"정말 소름끼치는 날씨로군." 미국인 목사는 차분하게 말하며 길쭉한 궐련에 불을 붙였다. "아무래도 이 오래된 나라에는 워낙 사람이 많아 모두에게 좋은 날씨를 골고루 나누어줄 수 없는 모양이군. 그래서 내가 오래전부터 영국인들이 살길은 오직 이민뿐이라고 입이 닳도록 말했건만."

"여보." 오티스 부인이 말했다. "엄니 부인이 기절했어요, 어떻게 하죠?" 오티스 부인이 말했다.

목사가 대답했다. "집 안 물건을 파손할 때처럼 벌금을 물린다고 해. 그럼 다시는 기절하지 않겠지." 몇 분 후 엄니 부인이 정신을 차렸다. 매우 겁을 먹은 그녀는 앞으로 캔터빌 저택에 엄청난 불행이 닥칠 거라며 오티스에게 조심할 것을 단단히 경고했다.

"제 두 눈으로 똑똑히 봤답니다, 주인님. 어떤 기독교인이라도 그런 일들을 보면 머리끝이 쭈뼛 솟을 거예요. 이 집에서 벌어진 끔찍한 사건들 때문에 뜬눈으로 밤을 새운 게 하루 이틀이 아닙니다." 하지만 오티스와 부인은 유령을 두려워하지 않는다고 말하며 겁에 질린 가정부를 진정시켰다. 엄니 부인은 하느님에게 새로운 주인을 축복해 달라고 빌고는, 월급 인상에 대한 언질을 남긴 뒤 자기 방으로 사라졌다.

그날 밤 내내 거센 폭풍우가 몰아쳤지만 특이한 일은 일어나지 않았다. 하지만 다음 날 아침 식사를 하려고 내려오니, 어제 지웠던 끔찍한 핏자국이 다시 바닥에 있지 않은가. "세제 문제는 아닌 것 같아요." 워싱턴이 말했다. "웬만한 건 만능 세제로 지워지거든요. 분명 유령의 짓이에요." 워싱턴이 다시 핏자국을 말끔히 지웠다. 하지만 다음 날이 되자 또 핏자국이 나타났다. 오티스가 서재 문을 걸어 잠근 뒤 직접 열쇠를 들고 잠자리에 들었지만, 셋째 날 아침에도 핏자국은 다시 선명하게 생겼다. 마침내 오티스 가족 모두 핏자국에 관심을 가지게 되었다. 오티스는 유령의 존재를 극도로 부인했던 자신의 태도가 너무 독단적이지 않았는지 반성했으며, 오티스 부인은 심령연구단체에 가입하겠다고 말했다. 워싱턴은 '지워지지 않는 핏자국과 범죄와의 연관성'에 대해서 마이어스와 포드모어에게 장문의 편지를 쓰기로 마음먹었다. 그날 저녁이 되어서야 온 가족이 실제로 유령이 존재한다고 믿게 된 것이었다.

하루 종일 공기가 따스하고 햇살이 밝은 날이었다. 저녁이 되어 바람이 선선해지자 오티스 가족은 마차를 타고 바람을 쐬러 나갔다. 저녁 9시가 돼서야 집으로 돌아와서 가볍게 저녁 식사를 했다. 보통 심령 현상은 그 존재를 믿는 사람들에게 나타나는 법인데 오티스 가족은 식사를 하면서 유령에 대해서는 입도 벙긋하지 않았다. 나중에 오티스에게 들은 바로 그날 저녁에는 교양 있는 상류층 미국인들이 평상시에 나누는 이야기만 했다고 한다. 예를 들어 프랑스 여배우 사라 베르나르보다는 미국 여배우 패니 대븐포트가 훨씬 더 연기력이 뛰어나다든가, 품격 높은 영국 가정에서도 풋옥수수와 메밀 팬케이크, 옥수수 죽을 찾아보기 힘들다든가, 우주를 지배하는 원리인 세계정신의 발전에 보스턴이 중추적 역할을 한다든가, 철도 여행을 할 때 수하물 확인 체계에 장점이 많다든가, 런던 사람들의 늘어지는 말투보다 뉴욕 사람들의 악센트가 더욱 매력적이라든가 하는 이야기였다. 초자연적인 현상이나 사이먼드 캔터빌 경에 대한 이야기는 한마디도 나누지 않았다. 밤 11시에 가족들은 잠자리에 들었고, 30분 뒤에는 집 안의 모든 불이 꺼졌다. 그러나 얼마 지나지 않아 오티스는 방 밖 복도에서 들리는 기묘한 소리에 잠에서 깼다. 쇠붙이가 철컹거리는 소리 같았다. 점점 소리가 가까이 다가왔다. 오티스는 곧바로 자리에서 일어나 성냥불을 켜고 시간을 확인했다. 새벽 1시 정각이었다. 오티스는 매우 침착했다. 맥박도 요동치지 않았다. 기묘한 소리는 계속되었고, 이제는 발자국 소리도 들렸다. 오티스는 슬리퍼를 신고 옷장에서 길쭉하고 작은 유리병을 꺼낸 다음 방문을 열었다. 그의 눈앞에는 하얀 달빛을 받은 무시무시한 노인이 서있었다. 눈동자는 잔뜩 달아오른 석탄처럼 시뻘겋고 회색빛의 긴 산발은 어깨 위로 늘어져 있었다. 구식 재단을 한 옷은 온통 해져서 누더기 같았고, 손목과 발목에는 녹이 슨 쇠고랑과 족쇄가 채워져 있었다.

"맙소사." 오티스가 말했다. "아무래도 쇠사슬에 기름칠 좀 해야겠군요. 제가 윤활유 한 병을 챙겨 왔습니다. 녹이 슨 쇳덩이에 바르면 효과가 매우 좋다더군요. 포장지를 보니 제 고향의 유명한 성직자 몇 분도 매우 효능이 좋다고 증언을 했던 모양이에요. 여기 침실용 촛대 옆에 둘 테니, 언제든 가져다 쓰세요. 필요하시면 언제든 더 갖다 드리겠습니다." 미합중국 목사는 작은 유리병을 바닥에 내려놓고 침실 문을 닫았다.

캔터빌의 유령은 어안이 벙벙해져서 꼼짝 않고 그 자리에 그대로 서있었다. 유령은 바닥에 윤활유병을 내동댕이친 다음 신음 소리를 내뱉은 뒤 무시무시한 초록빛을 뿜으며 복도 끝으로 갔다. 그런데 거대한 오크나무 계단 끝자락에 이르자, 문이 활짝 열리면서 하얀 가운을 걸친 두 형체가 나타났다. 그와 동시에 베개 하나가 유령의 머리끝 쪽으로 훅 날아왔다! 어물거릴 시간이 없었다. 유령은 사차원 공간을 통해 탈출하

기로 결심하고 징두리 벽으로 사라졌다. 다시 캔터빌 저택은 잠잠해졌다.

유령은 저택의 왼쪽 건물에 있는 작은 비밀 거처에 도착하자 달빛에 몸을 기대고 가쁜 숨을 가다듬었다. 그리고 이 상황을 파악하려고 애썼다. 지난 300년 동안 화려한 업적을 쌓아 온 그에게 이런 끔찍한 모욕은 처음이었다. 공작 미망인은 레이스와 다이아몬드로 장식한 드레스를 입고 거울을 보다가 유령을 보고 발작을 일으켰다. 저택에서 일하던 하녀 넷은 빈방 커튼 사이로 고개를 살짝 내밀고 웃어 주기만 해도 아연실색을 했다. 교구 신부는 밤늦게 서재에서 나올 때 그의 손에 들린 촛불을 훅 불어 껐을 뿐인데도 완벽한 순교자에서 풍병 환자로 전락해 윌리엄 걸 경의 보살핌을 받으며 평생을 보냈다. 늙은 마담 드 트레무이야크는 어느 날 새벽에 눈을 떴다가 난로 앞에 놓인 팔걸이의자에 해골이 앉아서 자신의 일기를 읽는 모습을 보고 뇌척수막염에 걸려 여섯 달 동안 침대 신세를 져야만 했다. 이후 병석에서 일어나자마자 회의주의자로 정평이 난 므시외 드 볼테르와 절연하

고 다시 교회를 다니기 시작했다. 사악한 캔터빌 경이 화장실에서 다이아몬드 잭 카드가 목에 걸려 숨도 못 쉬고 캑캑거리던 그 끔찍한 밤도 생생했다. 캔터빌 경은 숨을 거두기 직전에 크록포드의 도박장에서 5만 파운드를 따기 위해 찰스 제임스 폭스를 속였다고 고백한 뒤 유령이 카드를 삼키도록 시켰다고 강력히 주장했다. 그밖에도 업적은 넘쳐났다. 초록색 손이 유리창을 두드리는 것을 보고 식료품 저장실에서 총으로 자살한 집사부터 목덜미에 있는 다섯 손가락으로 지진 자국을 감추기 위해 평생 검은 벨벳 띠를 두르고 다니다가 킹스워크 연못에 몸을 던져 자살한 미모의 스터트필드 부인까지. 유령은 진정한 예술가처럼 열정적으로 최고의 성과를 거두었던 시절을 되새겼다. 그가 가장 최근에 분장했던 '붉은 로이벤, 목 졸린 아기' 모습, 그가 처음 사람들 앞에 나타나려고 '곤드 가브온, 벡슬리 무어의 흡혈귀'로 분장했던 모습, 6월의 아름다운 오후, 잔디로 된 테니스 경기장에서 자기 뼈로 나인핀스 경기를 하자 모두가 경악했던 모습을 떠올리며 이내 씁쓸한 미소를 지었다. 이렇게 화려한 경력을 가진 자신에게 빌어먹을 현대 미국인들이 건방지게 윤활유를 바르라고 하고 머리에 베개를 집

어떤지다니! 도저히 참을 수 없는 모욕이었다. 역사상 어떤 유령도 이런 푸대접을 받은 적이 없었다. 결국 캔터빌의 유령은 복수하기로 마음먹고 생각에 깊이 잠겨 해가 뜰 때까지 꼼짝도 하지 않았다.

Ⅲ

다음 날 아침, 오티스 가족은 아침 식사 자리에서 유령에 관해 꽤 길게 이야기했다. 미합중국의 목사는 유령이 자신의 선물을 내팽개쳐서 약간 기분이 상한 눈치였다. "그 유령에게 어떤 피해도 주고 싶지 않았는데 말이야." 오티스가 말했다. "그리고 그 유령이 캔터빌 저택에 머문 세월을 감안하면 너희들이 베개를 던진 것은 매우 예의에 어긋나는 행동이었어." 그 말이 끝나자마자 쌍둥이 형제는 크게 웃음을 터뜨렸다. 목사가 말을 이었다. "어쨌거나 끝까지 윤활유를 사용하지 않겠다면, 어떻게든 쇠사슬을 벗겨 내야겠구나. 침실 밖이 그렇게 시끄러우면 어느 누구도 잠을 제대로 이루지 못할 테니까."

그러나 그로부터 일주일 동안 오티스 가족에게는 아무 일도 일어나지 않았다. 딱 하나, 서재 바닥에 있던 핏자국이 매번 생긴다는 점만 제외하고는 말이다. 밤에 오티스가 서재 문을 잠그고 창문 빗장까지 단단히 채웠는데도 핏자국은 매번 다시 생겼다. 정말로 기이한 일이 아닐 수 없었다. 또한 카멜레온처럼 매일 색도 변했다. 가족 간에 의견이 갈렸다. 어느 날 아침에는 인디언 레드였다가 어느 날에는 주황빛이 감도는 색이었고, 또 어느 날에는 핏빛에 가까운 적색이었다. 한번은 자유미국개혁공회의 간소화된 절차에 따라 가족 기도회를 하려고 내려와 보니 핏자국이 밝은 에메랄드빛 초록색으로 변해 있기도 했다. 자연스럽게 오티스 가족은 만화경처럼 시시각각 달라지는 핏자국에 대해 엄청난 흥미를 갖게 되었고, 매일 저녁 자유롭게 내기를 펼쳤다. 이 가족의 장난스러운 내기에 참여하지 않은 것은 어린 소녀 버지니아뿐이었다. 버지니아는 말 못할 이유로 핏자국을 볼 때마다 마음이 무거워졌고, 에메랄드빛 초록색으로 변했을 때는 거의 울음을 터뜨릴 뻔했다.

　두 번째로 유령이 모습을 드러낸 것은 일요일 저녁이었다. 잠자리에 들고 얼마 지나지 않아 현관 쪽에서 뭔가 '쿵' 하는 소리가 들렸다. 다들 소스라치게 놀라 허겁지겁 아래층으로 내려가 보니 단상에 세워져 있던 오래된 갑옷이 돌바닥에 떨어져 있었다. 그리고 캔터빌 유령은 등받이가 높은 의자에 앉아서 환자처럼 고통스러워하며 무릎을 문지르고 있었다. 장난감 콩알 총을 갖고 내려온 쌍둥이는 곧바로 유령에게 콩을 두 발 발사했다. 오랫동안 글쓰기 공책을 놓고 사격 연습을 해서인지 목표물을 거의 정확하게 맞혔다. 동시에 오티스도 권총으로 유령을 겨누고 미국식 예법에 따라 당장 손을 들고 항복하라고 소리쳤다! 유령은 소스라치게 놀라 자리에서 벌떡 일어나더니 안개처럼 오티스 가족 사이를 지나서 사라졌다. 그 바람에 워싱턴이 들고 있던 촛불이 꺼지고 오티스 가족은 시커먼 어둠 속에 남겨졌다. 유령은 계단 꼭대기에 도착하고 나서야 정신을 차렸다. 그리고 특유의 사악한 웃음소리를 들려줘야겠다고 다짐했다. 그 웃음소리의 효과를 본 적이 몇 번 있었기 때문이다. 웃음소리 때문에 레이커 경의 가발이 하룻밤 새 잿빛으로 변했고, 캔터빌 부인에게 프랑스어를 가르치러 온 가정교사 셋 모두 한 달도 채 채우지 못하고 줄행랑을 쳤다. 유령은 이제껏 냈던 어떤 웃음소리보다 무섭게 웃었으며, 그 소리는 낡은 타원형 천장에 울려 퍼졌다. 그런데 사악한 메

아리가 잦아들기도 전에 문이 열리더니 연한 파란색 잠옷 가운을 입은 오티스 부인이 들어왔다. "목소리를 들으니 몸 상태가 굉장히 안 좋으신 것 같아요." 그녀가 말했다. "여기 도벨 박사의 물약을 가져왔어요. 만약 소화 불량이라면 이게 즉효약일 거예요." 유령은 머리끝까지 화가 나서 오티스 부인을 매섭게 노려보았다. 그러면서 커다랗고 검은 사냥개로 변신하려고 했다. 검은 사냥개야말로 유령이 악명을 떨치게 만든 작품이었다. 캔터빌 경의 주치의는 숙부인 토머스 호턴 의원이 평생 백치로 살아가게 된 이유를 검은 사냥개 때문이라고도 했다. 하지만 다른 가족들의 발자국 소리가 들려오면서 유령은 주저했다. 결국 형광 빛을 희미하게만 뿜어내고, 쌍둥이가 모습을 드러내자 묘지에서 들릴 법한 낮은 신음 소리를 내고는 사라졌다.

　방에 도착한 유령은 극도의 흥분과 불안 상태에 빠졌다. 쌍둥이 형제의 상스러운 태도와 오티스 부인의 구역질나는 물질주의적인 태도에도 화가 났지만, 갑옷을 입을 수 없다는 사실이 가장 고통스러웠다. 제아무리 현대적인 미국인도 갑옷을 입은 유령의 모습을 본다면 엄청나게 놀랄 거라고 생각했다. 「갑옷을 입은 해골」을 쓴 미국의 국민 시인 롱펠로에 대한 존경심을 가지고 있다면 말이다. 「갑옷을 입은 해골」은 캔터빌 경 가족이 시내에 나가면 유령이 시간을 때우며 읽던 문학 작품 중 하나였다. 무엇보다 그 갑옷은 유령 본인의 것이 아닌가. 실제로 그 갑옷을 입고 케닐워스 마장 시합에 나가서 엘리자베스 1세로부터 극찬을 받기도 했다. 하지만 유령은 아까 거실에서 갑옷을 들다가 강철의 무게를 이기지 못하고 그대로 돌바닥에 쓰러지고 말았다. 덕분에 무릎 양쪽을 바닥에 찧고 오른손 관절 군데군데에 멍이 들었다.

그로부터 며칠 동안 유령은 극심한 몸살에 시달렸다. 바닥에 핏자국을 새로 칠할 때를 제외하고는 방 밖으로 나가지도 못했다. 정성스레 몸 관리를 하고 나서야 병석에서 일어날 수 있었다. 유령은 미합중국 목사와 그의 가족을 깜짝 놀라게 해주겠다고 세 번째 결심을 했다. 계획을 실행할 날은 8월 17일 금요일로 정했다. 유령은 종일 옷장을 뒤진 끝에 붉은 깃털이 달리고 축 늘어진 모자와 손목과 목에 자글자글 주름이 잡힌 수의 그리고 시커멓게 녹슨 단검을 발견했다. 어둠이 짙어지면서 거센 폭풍우가 몰아쳤다. 강풍이 불어 낡은 저택의 창문과

문이 쉴 새 없이 덜컹거렸다. 유령은 이런 날을 가장 좋아했다. 유령의 다음 계획은 이랬다. 먼저 워싱턴의 방에 살금살금 들어가 침대 발치에서 나지막이 중얼거린 다음, 낮은 음악에 맞춰 자신의 목덜미를 세 번 찌르는 것이었다. 유령은 워싱턴에게 원한이 많았다. 그가 캔터빌 저택의 명물이라 일컫는 핏자국을 매번 얼룩 제거제로 지웠기 때문이다. 유령은 먼저 이 겁 없고 저돌적인 청년부터 끔찍한 공포로 몰아넣은 다음, 미 합중국 목사와 그의 아내가 있는 방으로 갈 참이었다. 끈적끈적하고 차가운 손으로 오티스 부인의 이마를 쓸어내린 다음 사시나무처럼 떨고 있을 목사의 귓가에 납골당의 무시무시한 비밀을 읊어줄 계획이었다. 어린 소녀 버지니아를 어떻게 할지에 대해서는 아직 계획이 없었다. 그 소녀는 유령을 한번도 욕보인 적이 없었기 때문이다. 그리고 항상 친절하고 사랑스러웠다. 그저 옷장에 들어가서 신음 소리만 내도 충분할 것 같았다. 그래도 잠에서 깨지 않으면 뻣뻣해서 제대로 움직이지 않는 손가락으로 이불을 살짝 잡아당길 것이다. 쌍둥이 형제는 단단히 혼을 내줄 참이었다. 먼저 쌍둥이의 가슴팍에 앉아 두 아이가 온몸으로 숨 막히는 악몽을 느끼게 할 생각이었다.

그러고 나서 서로 바짝 붙어 있는 두 침대 사이에 얼음처럼 차가운 녹색 시체의 모습으로 서서 공포로 온몸이 얼어붙는 꼴을 지켜보리라. 마지막으로 몸을 감싼 수의를 벗어던지고 하얀 해골에 눈알 하나만 달고 침대 밑을 기어 다니면 충분할 터였다. 과거 여러 번 성과를 올렸던 '멍청이 다니엘, 혹은 자살 해골' 작전이었다. 유령은 이를 '미치광이 마틴, 가면을 쓴 미스터리'에 버금갈 정도로 악명 높은 작전이라고 생각했다.

10시 30분, 드디어 오티스 가족이 잠자리에 드는 소리가 들렸다. 잠시 유령의 귀에 거슬리게 쌍둥이 형제가 깔깔거렸다. 꼬마들이 그렇듯 잠자리에 들기 전에 신이 나서 잠시 떠드는 모양이었다. 11시 15분에 접어들자 쌍둥이의 소음도 잦아들고 집 안이 고요해졌다. 자정을 알리는 종소리가 들리자마자 유령은 작전을 개시했다. 올빼미가 유리창을 두드리고, 까마귀가 말라비틀어진 나무 위에서 까악 쉰 소리로 울어댔다. 차가운 바람은 갈 곳을 잃은 영혼처럼 신음을 낮게 내뱉으며 저택 주위를 휘휘 맴돌았다. 오티스 가족은 앞으로 닥칠 비극적인 운명을 예감하지 못한 채 곤히 잠들어 있었다. 미합중국 목사가 요란한 빗소리와 폭풍우보다 크게 코를 고는 소리만이 들릴 뿐이었다. 유령이 징두리 벽면에서 천천히 걸어 나왔다. 주름이 자글자글한 입가에 사악한 미소가 걸려 있었다. 유령이 커다란 내닫이창을 지나자 하얀 달이 구름 속으로 모습을 감추었다. 창문 위에는 유령과 자신이 살해한 아내의 문장(紋章)이 하늘색과 금색으로 새겨져 있었다. 유령은 사악한 그림자처럼 미끄러지듯 움직였고, 그 모습에 어둠조차 혐오를 느끼는 것 같았다. 순간 무슨 소리가 들리는 것 같아 걸음을 멈추었다. 그러나 그것은 붉은 농장의 개가 짖는 소리였다. 캔터빌의 유령은 16세기에나 쓸 법한 이상한 욕을 중얼거리고는 녹이 슨 단검을 허공에 이리저리 휘두르면서 계속 움직였다. 마침내 유령은 불쌍한 워싱턴의 방으로 이어지는 복도 모퉁이에 도착했다. 잠시 걸음을 멈추자 바람이 불어와 긴 잿빛 머리카락을 헝클고 수의를 이리저리 비틀어 형언할 수 없는 공포가 느껴지도록 괴기스러운 주름을 만들었다. 마침내 12시 15분을 알리는 종소리가 울렸다. 유령은 드디어 시간이 됐음을 감지했다. 캔터빌의 유령은 낄낄 웃으며 복도 모퉁이를 돌았다. 그런데 모퉁이를 돌자마자 화들짝 놀라 뒤로 자빠졌다. 그리고 뼈만 남은 긴 손가락으로 핼쑥해진 얼굴을 감싸 쥐고는 공포감으로 흐느꼈다. 그의 눈앞에 자기보다 더 무시무시한 유령이 서있었기 때문이다. 마치 광인의 꿈에나 나올 법하게 무섭고 끔찍한 모습이었다! 대머리는 번쩍 빛났고, 둥근 얼굴은 하얗고 퉁퉁했으며 영원히 씩 웃도록 얼굴을 비튼 것처럼 기괴하게 웃고 있었다. 눈동자에서는 붉은 빛이 뿜어져 나왔고 입가는 불의 우물 같았다. 유령이 입은 것과 비슷하게 흉측한 옷이 타이탄의 거인처럼 커다란 몸을 휘감고 있었다. 가슴에 걸린 판자에는 고대 글자로 이상한 글이 새겨져 있었다. 수치스러운 행위, 끔찍한 죄목, 혹은 지독한 범죄를 나열한 목록 같았다. 오른손은 번쩍이는 강철로 만든 중세 시대의 언월도를 높이 쳐들고 있었다.

캔터빌의 유령은 태어나서 한번도 유령을 본 적이 없었다. 그래서 그 형상을 보고 기겁했다. 다시 한 번 유령을 보고 나서는 부리나케 자기 방으로 도망쳤다. 너무 빨리 도망쳐서 자기가 입고 있던 긴 수의에 발이 걸려 복도에서 넘어지기도 했다. 시커멓게 녹이 슨 단검은 목사의 긴 장화 속에 집어 던졌다. 그 단검은 다음 날 아침 집사가 발견했다. 누구도 방해할 수 없는 비밀 거처로 돌아오자 유령은 짚으로 엮은 작은 침대에 누워 수의로 얼굴을 감쌌다. 얼마 정도 시간이 흘렀을까, 용맹한 캔터빌 가문의 기운으로 되살아난 유령은 해가 뜨는 즉시 유령을 찾아가서 말을 걸겠다고 다짐했다. 저만치 언덕 위로 은빛 기운을 뿜어내는 새벽이 되자 캔터빌의 유령은 무시무시한 유령을 처음 마주친 곳으로 향했다. 유령이 하나인 것보다 둘이 낫지 않을까 싶은 생각도 들었고, 새 친구의 도움을 받는다면 더 확실하게 쌍둥이를 혼낼 수 있겠다 싶었다. 그런데 유령이 있던 곳에 도착하자 눈앞에 끔찍한 광경이 펼쳐졌다. 눈동자에서는 붉은 빛이 사라진 채로 유령은 번쩍이던 언월도를 바닥에 떨어뜨리고 불편한 자세로 반쯤 벽에 쓰러져 있었다. 유령이 무서운 일을 당한 게 분명했다. 유령은 곧바로 달려가서 그의 두 팔을 잡았다. 순간 해골이 바닥으로 툭 떨어졌다. 유령은 소스라치게 놀랐다. 몸은 그대로 벽에 기댄 상태였다. 유령이 하얀 줄무늬가 쳐진 침대 커튼을 들추자 빗자루와 주방용 칼과 속이 잘려 나간 채 잔뜩 쌓인 무가 보였다! 유령은 눈앞에 벌어진 상황을 제대로 이해하지 못한 채 허겁지겁 해골의 가슴팍에 달린 판자를 집어 들었다. 아침 햇살 덕분에 다음과 같은 끔찍한 글귀를 확인할 수 있었다.

내가 단 하나의 찐짜 유령

짜가를 조심할 것

따른 건 전부 가짜다.

이제야 모든 것이 이해가 되었다. 캔터빌의 유령이 쌍둥이
의 속임수에 속아 넘어간 것이었다! 유령의 눈앞에 과거의 캔
터빌 모습이 펼쳐졌다. 유령은 잇몸만 남은 입을 굳게 다문 채
말라비틀어진 두 손을 머리 위로 들고 맹세했다. 고대 학파에
서부터 전해 내려오는 바에 따라 『캔터베리 이야기』에 나오는
수탉, 챈티클리어가 즐거운 나팔을 두 번 불면 살인이 일어날
것이라고 말이다.

캔터빌의 유령이 무시무시한 맹세를 끝내기도 전에 저 멀리
붉은 기와가 덮인 농가 지붕에서 수탉이 울었다. 유령은 쓴웃
음을 지으며 수탉의 두 번째 울음을 기다렸다. 그런데 이상하
게 몇 시간을 기다려도 수탉의 울음소리가 들리지 않았다. 결
국 7시 30분이 되어 하녀들이 속속 모습을 나타내는 통에 끔
찍했던 철야를 중단하고 자신의 거처로 터덜터덜 돌아올 수밖
에 없었다. 유령의 머릿속은 온통 물거품이 된 맹세와 실패한

계획뿐이었다. 유령은 평소 좋아하던 고대 기사도에 관한 책들을 몇 권 훑어보았다. 그리고 역사적으로 기사가 맹세를 하면 챈터클리어가 한 번만 울고 마는 경우는 없었다는 사실을 알았다.

"돼먹지 못한 닭 같으니, 지옥 불에나 떨어져라!" 유령은 중얼거렸다. "조금만 젊었어도 내 창으로 그놈의 목구멍을 쑤셔서 울게 했을 텐데!" 그리고 캔터빌의 유령은 안락한 납 관으로 들어가 몸을 누이고 저녁이 될 때까지 휴식을 취했다.

IV

다음 날 유령은 기운도 없고 무척 피곤했다. 지난 4주 동안 극도의 흥분 상태로 보낸 여파가 드디어 나타났기 때문이다. 신경이 곤두설 대로 곤두서 작은 소리에도 깜짝 놀랐다. 유령은 5일 동안 문밖에도 나가지 않았다. 서재의 핏자국도 포기했다. 오티스 가족이 원치 않는다면 그걸 누릴 자격도 없는 법. 저급한 물질만능주의 태도로 세상을 살아가는 사람들이기 때문에 감각적 현상의 상징적인 가치를 깨우칠 만한 능력

자체가 부족한 것이 분명했다. 하지만 유령의 모습으로 출현하는 문제는 스스로도 어찌할 수 없는 일이었다. 매주 한 번씩 복도에 모습을 드러내고, 매달 첫째와 셋째 수요일에 내닫이 창 앞에서 알 수 없는 이야기를 중얼거리는 것은 그가 지켜야 할 엄숙한 의무이기도 했다. 그런데 어떻게 해야 명예를 지키면서 그 의무에서 벗어나는지 도무지 알 수가 없었다. 그래서 평생을 악한으로 산 유령은 초자연적인 부분에 있어서만큼은 양심적으로 행동할 수밖에 없었다. 일단 3주 동안 토요일마다 언제나처럼 저녁 12시와 3시 사이에 저택 복도를 서성거렸다. 누구도 그의 인기척을 느끼지 못하도록 최대한 조심스럽게 행동하면서. 오래돼 벌레 먹은 판자를 최대한 사뿐히 디디기 위해 장화를 벗었으며, 크고 검은 벨벳 망토를 걸치고, 오티스 목사가 준 윤활유를 쇠사슬에 발랐다. 마지막만큼은 캔터빌의 유령에게 매우 어려운 결정이었다. 오티스 가족이 저녁 식사를 하는 틈을 타서 목사의 침실에 들어가 몰래 윤활유를 가지고 나와야 했기 때문이다. 처음에는 수치심을 느꼈지만 윤활유라는 발명품이 꽤나 쓸모가 있고 훌륭한 것임을 인정하고야 말았다. 이런 노력에도 유령은 좀처럼 평온하게 지낼 수 없었다. 매번 복도를 지날 때마다 쌍둥이가 쳐놓은 줄에 걸려 어둠 속에서 넘어졌고, '검은 이삭, 호글리 우즈의 사냥꾼' 역할을 하려고 의상까지 완벽히 갖춰 입고 나서다가 벌러덩 나자빠지기도 했다. 쌍둥이 형제들이 '벽걸이 방' 입구부터 오크나무 계단 꼭대기까지 버터를 발라 미끄럼틀처럼 만들어 놓은 탓이었다. 캔터빌의 유령은 인내심이 극에 달했다. 그리고 자신의 위엄과 사회적 지위를 되찾기 위해서 마지막 복수를 감행하기로 다짐했다. 다음 날 밤, '겁 없는 루퍼트, 머리 없는 백작'으로 분장하고 맹랑한 이튼 학교 학생들을 찾아갔다.

'겁 없는 루퍼트, 머리 없는 백작'으로 분장한 것은 70년 만의 일이었다. 그러니까 미모의 바바라 모디시 양을 아연실색하게 만들고 난 뒤 처음이었다. 바바라 양은 소스라치게 놀라 지금의 캔터빌 경의 할아버지와 했던 약혼을 깨고 잘생긴 잭 캐슬턴과 그레트너그린으로 도망쳤다. 해가 지고 나면 끔찍한 유령이 테라스를 돌아다니는 곳으로는 절대로 시집 갈 수 없다고 선언했기 때문이다. 그 후 잭은 윈즈워스커먼에서 캔터빌 경과 결투하던 도중 총에 맞아 세상을 등졌고 깊은 슬픔에 빠진 바바라 양은 그해가 지나기 전에 턴브리지웰스에서 세상을 떠나고 말았다. 말하자면 여러 면에서 성공을 거둔 역할이었다. 하지만 분장 자체는 꽤나 까다로웠다. 초자연 세계, 아니 과학적인 용어로 말하자면, 상위 자연 세계의 엄청난 신비에 둘러싸인 유령에게 '분장'이라는 용어를 사용해도 될지 모르지만, '루퍼트'로 거듭나는 데에는 장장 세 시간이 걸렸다. 모든 준비를 끝낸 유령은 만족스러웠다. 비록 '루퍼트' 의상에 맞춰 신은 가죽 승마화가 커서 덜거덕거리고, 기병용 소총도 두 개 중 하나밖에 찾지 못했지만 말이다. 새벽 1시 15분이 되자 유령은 징두리 벽에서 미끄러지듯 복도를 따라 조용히 걸음을 옮겼다. 파란색 벽지 때문에 '파란 침대 방'으로 불리는 쌍둥이의 침실 문이 살짝 열려 있었다. 쌍둥이 앞에 인상적으로 출현하기 위해 유령은 침실 문을 활짝 열었다. 그 순간 물이 가득 채워진 주전자가 머리 위로 쏟아졌다. 그나마 다행히 물 주전자가 유령의 왼쪽 어깨를 살짝 비껴서 떨어지긴 했다. 동시에 네 기둥이 있는 침대 이불 속에서 키득거리는 웃음소리가 터져 나왔다. 엄청난 충격을 받은 유령은 죽을힘을 다해 자신의 거처로 도망쳤다. 다음 날 캔터빌의 유령은 지독한 감기에 걸려 종일 침대 신세를 졌다. 그나마 유령의 머리가 젖지 않은 것은 다행이었다. 만약 그랬다면 결과는 굉장히 심각했을 것이다.

　캔터빌의 유령은 이 무례한 미국인 가족에게 겁을 줄 수 있을 거라는 희망을 완전히 포기했다. 그리고 평소처럼 가장자리 천으로 만든 슬리퍼를 신고 차가운 바람을 피하기 위해 목에 두꺼운 머플러를 두른 뒤 혹시 모를 쌍둥이들의 습격에 대비해 조그만 화승총을 품고 다니는 것으로 만족했다. 하지만 9월 19일에 캔터빌의 유령은 엄청난 타격을 받고 말았다. 유령은 이제 괴롭힘을 당하지 않을 거라고 믿고 아래층 현관으로 내려가 캔터빌 가문의 초상화 대신 사로니가 찍은 미합중국 목사 부부의 커다란 사진을 걸린 걸 보며 신랄한 논평을 하고 있었다. 유령은 군데군데 묘지 곰팡이 자국이 있지만 소박하고 단아한 긴 수의를 입고 있었다. 턱에는 리넨 천을 두르고, 조그만 랜턴과 교회 관리인이 쓰는 작은 삽을 들고 있었다. 사실 그는 '무덤 없는 요나스, 처트시 반의 시체 도둑'으로 분장한 것이었다. 이 역할 역시 그의 뛰어난 업적으로 꼽혔다. 이웃 러퍼드 경과 캔터빌 경이 불화를 빚은 것도 이 분장 때문이어서 캔터빌 가문의 사람들은 절대 잊지 못했다. 새벽 2시

15분쯤 유령이 확인한 바로 오티스 가족은 모두 잠자고 있었다. 핏자국이 그대로 남아 있는지 확인하려고 천천히 걸음을 옮기려는 순간, 갑자기 어두운 구석에서 두 형체가 튀어나왔다. 그리고는 머리 위로 두 팔을 요란하게 흔들면서 그의 귓가에 대고 "우우!" 하고 크게 야유를 퍼부었다.

캔터빌의 유령은 극심한 공황 상태에 빠졌다. 당연한 일이었다. 쌍둥이를 피해 계단 쪽으로 달려갔는데 워싱턴 오티스가 정원용 살충제 주사기를 들고 기다리고 있었기 때문이다. 사방으로 포위를 당하자 유령은 커다란 철제 난로 속으로 뛰어들었다. 다행히 난롯불은 꺼진 상태였다. 결국 캔터빌의 유령은 굴뚝과 그 연통을 타고 거처로 돌아와야만 했다. 엉망진창이 된 수의와 시커먼 재를 뒤집어쓴 채로 방에 도착한 유령은 넋이 나가고 절망에 빠졌다.

그 후로 캔터빌의 유령은 밤마다 저택을 어슬렁거리지 않았다. 쌍둥이 형제는 부모님과 하인들의 원성을 사면서까지 밤마다 견과류 껍질을 복도에 뿌려 놓고 유령이 나타나기를 기다렸다. 하지만 어떠한 성과도 올리지 못했다. 아무래도 유령은 엄청난 충격을 받고 다시는 저택에 나타나지 않을 모양이었다. 덕분에 오티스 목사는 몇 년 전부터 시작한 『민주당의 역사』 집필을 계속할 수 있었다. 오티스 부인은 야외에서 해산물 파티를 주최했고, 여기에 주민들은 놀라움을 금치 못했다. 파티에 참석한 아이들은 라크로스, 포커, 카드놀이 등 미국의 국민 놀이에 심취했다. 버지니아는 방학의 마지막 주를 맞아 캔터빌 저택을 찾은 젊은 체셔 공작과 조랑말을 타고 저택 주변을 돌아다녔다. 다들 유령이 도망쳤다고 생각했다. 오티스는 유령이 사라졌다고 캔터빌 경에게 직접 편지를 보내기까지 했다. 캔터빌 경은 그 소식에 크게 기뻐하면서 답장을 보내 오티스 목사와 그의 훌륭한 조력자인 부인에게 축하 인사를 전했다.

하지만 오티스 가족은 완전히 착각하고 있었다. 캔터빌의 유령은 여전히 그곳에 있었기 때문이다. 비록 병약한 상태였지만, 이대로 포기할 생각은 절대로 없었다. 게다가 젊은 체셔 공작이 파티에 초대받았다는 소식까지 전해 들으니 더더욱 그랬다. 오래전 공작의 증조부인 프랜시스 스틸턴 경은 캔터빌의 유령과 주사위 놀이를 하겠다고 카베리 대령과 100기니 내기를 한 적이 있었다. 다음 날 아침 카드놀이 방에서 온몸이 마비된 상태로 정신을 잃은 채 발견되기는 했지만 말이다. 프랜시스 스틸턴 경은 죽는 날까지 '6짜리 두 개'라는 말 외에는 어떤 말도 하지 못했다. 두 귀족 가문은 당시 사건을 비밀에 부치려고 무던히도 노력했지만, 사건은 사방으로 알려지게 되었다. 태틀 경의『섭정 왕자와 그의 친구들의 회상록』을 보면 당시 사건의 정확한 경위와 자세한 이야기가 적혀 있다. 그래서 캔터빌의 유령이 스틸턴 가문에 대한 자신의 영향력이 사라지지 않았다는 걸 보여 주기 위해 안달이 나는 것도 당연했다. 유령과 그 집안은 먼 친척 관계이기도 했다. 그의 사촌이 벌클리와 재혼을 했기 때문이다. 그리고 체셔 공작은 벌클리의 직계 후손이었다. 결국 캔터빌의 유령은 '뱀파이어 수도승, 핏기 없는 베네딕틴'이라는 유명한 역할로 분장하고 버지니아의 젊은 연인 앞에 나타날 준비를 했다. 그 모습은 실로 끔찍했다. 1764년의 마지막 날 '뱀파이어 수도승'으로 변장한 걸 본 스타트업 부인이 끔찍한 비명을 내지르며 쓰러졌던 적도 있었다. 결국 부인은 그간 가까이 지내던 캔터빌 가문과 의절하고 모든 유산을 런던의 한 약재상에게 물려준 뒤 뇌졸중으로 사흘 만에 세상을 등졌다. 유령은 이렇게 모든 준비를 마치고 나서도 쌍둥이 형제에 대한 두려움 때문에 방문을 넘지 못했다. 그래서 젊은 체셔 공작은 깃털로 만든 '왕의 침상'에서 연인 버지니아 꿈을 꾸며 평온하게 하룻밤을 보냈다.

V

  며칠이 지나고 버지니아와 그녀의 곱슬머리 기사는 브로클리 목초지로 승마를 즐기러 나갔다. 버지니아는 울타리를 넘다가 옷이 심하게 찢어져 집으로 돌아왔다. 그리고는 다른 사람의 눈에 띄지 않으려고 뒤쪽 계단으로 올라갔다. 빠른 걸음으로 방에 들어가려는 찰나 문이 열려 있는 '벽걸이 방' 안에 누군가가 있는 게 보였다. 버지니아는 일감을 가지고 들어간 하녀일 거라고 생각하고, 방 안으로 들어가 옷을 꿰매 달라고 말했다. 그런데 그 누군가는 하녀가 아니라 캔터빌의 유령이었다!

  유령은 창가에 앉아서 가로수의 황금빛 잎사귀와 붉은 낙엽들이 바람에 흔들려 춤을 추는 광경을 처연하게 바라보고 있었다. 한쪽 손에 머리를 괴고 있는 모습은 누가 봐도 극심한 우울증 환자 같았다. 어린 버지니아는 처음에 당장 자기 방으로 가서 문을 걸어 잠그고 숨으려고 했다. 하지만 유령의 모습이 너무나 쓸쓸하고 기운이 없어 보여 불쌍한 마음이 들었다. 그래서 도망치지 않고 그를 위로하기로 마음먹었다. 워낙 깊은 시름에 잠겨 있고 버지니아의 발걸음도 깃털처럼 가벼워서 유령은 버지니아가 말을 걸 때까지 방 안에 다른 사람이 있다는 사실조차 눈치채지 못했다.

"할아버지, 많이 힘들어 보이세요." 버지니아가 말문을 열었다. "내일이면 쌍둥이 동생들이 이튼으로 돌아갈 거예요. 그러니까 할아버지가 조용히 계시면 아무도 할아버지를 힘들게 하지 않을 거예요."

"나더러 조용히 지내라니 어이가 없구나." 유령은 작고 예쁜 소녀가 감히 자신에게 말을 붙이자 놀라서 고개를 돌리고 이렇게 말했다. "정말 어이가 없어. 나는 유령이라 쇠사슬을 철컹거려야 하고, 열쇠 구멍으로 신음 소리를 내야 하고, 밤마다 저택을 배회해야 하는데, 그걸 하지 말라는 소리잖아. 그게 바로 내가 존재하는 이유인데 말이야."

"그런 게 존재의 이유라니, 말도 안 돼요. 그동안 할아버지가 얼마나 사람들을 괴롭혔는지 아시잖아요. 처음 이곳에 이사 오던 날, 엄니 부인이 할아버지가 부인을 죽이셨다고 하던 걸요?"

"그래, 틀린 말은 아니야." 유령이 성마른 표정으로 대꾸했다. "하지만 그건 순전히 집안일일 뿐 다른 사람이 상관할 바가 아니지."

"집안일이라 해도 사람을 죽이는 건 나쁘잖아요." 버지니아가 받아쳤다. 그녀는 뉴잉글랜드의 선조로부터 물려받은 청교도적인 근엄함을 표현했다.

"맙소사, 추상적인 윤리의 엄격함 같은 건 질색이야! 우리 마누라가 얼마나 게을렀는지 몰라서 하는 소리야. 옷에 주름도 제대로 잡지 못했고, 요리는 또 얼마나 못했는지. 언젠가 호글리 숲에서 2년 된 질 좋은 수사슴 한 마리를 사냥해 왔더니, 글쎄 그걸 어떻게 요리해서 식탁에 올렸는지 아니? 그리고 이제 다 지나간 일이지만, 내가 마누라를 죽였다고 해서 처남들이 나를 굶어 죽인 일을 잘했다고 할 수는 없지."

"굶겨 죽였다고요? 맙소사, 유령 할아버지. 아니, 사이먼 경, 지금도 배가 고프세요? 샌드위치 남은 게 있는데, 그거라도 드실래요?"

"아니, 괜찮다. 지금은 아무것도 먹지 않아. 그래도 샌드위치를 줄 생각을 하다니, 정말 기특하구나. 무례하고 끔찍하고 버르장머리 없고 정직하지 못한 너희 가족과는 확실히 달라."

"그만하세요!" 버지니아가 발을 구르며 소리쳤다. "무례하고 끔찍하고 정직하지 못한 건 바로 할아버지라고요! 이야기가 나와서 말인데, 제 물감을 훔쳐서 계속 서재에 핏자국을 그린 건 바로 할아버지였잖아요. 처음엔 빨간색 물감을 모조리 가져가셨더군요. 주황색까지 싹 다요. 그래서 저는 해가 지는 것을 그릴 수가 없었죠. 그다음엔 에메랄드빛 초록색과 크롬 황색을 가져가셨고요. 결국 저는 남색 물감이랑 아연색 물감밖에 없어서 겨우 달빛이 비치는 것만 그렸단 말이에요. 그건 그리기도 힘들고 보고만 있어도 기운이 쭉 빠지죠. 화가 났지만 그래도 아무한테도 말하지 않았어요. 게다가 에메랄드빛 초록색 핏자국이라니, 정말 우습지 않아요?"

"그래, 맞는 말이야." 유령이 다소 누그러진 말투로 대답했다. "그래도 어쩔 수 없잖아! 요즘에는 진짜 피를 구하기가 힘드니까. 게다가 네 오빠라는 녀석이 매번 세제로 닦는데 네 물감을 쓰지 못할 것도 없다 싶더구나. 그리고 색깔이야 개인적인 취향인 거잖아. 캔터빌 가문 사람들은 영국에서 가장 파란 피를 가지고 있단다. 물론 너희 미국인들은 전혀 관심이 없겠지만 말이다."

"정말 말도 안 되는 이야기만 하시네요. 할아버지는 다른 나라를 경험하고 생각을 바꿔야 해요. 아버지한테 말하면 기꺼이 자유 통행권을 주실 거예요. 증류주는 종류에 상관없이 세금이 많이 붙지만 유령은 별 문제가 없을 거예요. 세관원들은 전부 민주당원이거든요. 그리고 뉴욕에만 가면 할아버지는 크게 성공하실 거예요. 유령을 얻기 위해서 10만 달러 정도를 낼 사람이 수두룩하거든요. 자기 가족만의 유령을 얻을 수 있다면 그보다 더 큰돈도 내놓을 거고요."

"내가 미국을 좋아할 것 같지 않구나."

"미국에 유적지나 골동품이 없어서 싫으신가 봐요." 버지니아가 비꼬듯 말했다.

"유적지! 골동품!" 유령이 받아쳤다. "너희 나라에는 해군도 있고 풍습도 있잖아."

"이만 가볼게요. 아버지한테 쌍둥이 동생들을 일주일 더 집에 있게 해달라고 부탁해야겠어요.”

“제발 가지마, 버지니아.” 유령이 외쳤다. “난 정말 외롭고 불행해. 어떻게 해야 할지도 모르겠어. 잠이라도 자고 싶은데 도무지 잘 수가 없어.”

“그럴 리가요! 그냥 침대에 누워서 촛불만 끄면 되는 일이잖아요. 안 자고 버티는 게 더 힘들죠. 특히 교회에서요. 잠자는 건 하나도 힘들지 않아요. 아무것도 모르는 갓난아기들도 쌔근쌔근 잘만 자잖아요.”

“난 300년 동안 자지 못했다.” 유령이 구슬프게 말했다.

버지니아가 놀라서 아름다운 파란색 눈을 크게 떴다.

“300년 동안 한숨도 못 잤단다. 그래서 너무 피곤해.”

버지니아의 얼굴이 어두워졌다. 작은 입술이 장미 꽃잎처럼 파르르 떨렸다. 그리고 유령 근처로 다가가 무릎을 꿇고 앉아 늙고 주름이 자글자글한 그의 얼굴을 바라보았다.

“가여운 할아버지.” 버지니아가 중얼거렸다. “혹시 잠잘 곳이 없으신 거예요?”

“소나무 숲 너머 아주 먼 곳에 있단다.” 낮고 몽롱한 목소리로 유령이 대답했다. “거기 작은 정원이 있어. 풀이 길고 빽빽하게 자라는 곳이야. 크고 하얀 독미나리꽃이 피고 나이팅게일이 밤새도록 지저귀는 곳이지. 나이팅게일이 노래를 부르면 차갑고 수정처럼 맑은 달이 고개를 숙이고 주목(朱木)은 잠든 사람을 향해 거대한 팔을 뻗는단다."

버지니아의 눈가에 눈물이 가득 맺혔다. 급기야 두 손으로 얼굴을 감싸 쥐었다. "죽음의 정원을 말씀하시는 거죠?" 버지니아가 작게 말했다.

"그래, 죽음. 죽음은 정말 아름답단다. 부드러운 갈색 땅에 누워 있으면 머리 위로 잔디들이 물결치고 고요한 정적이 귓가를 맴돌지. 어제나 내일이 없어. 시간을 잊고, 삶을 용서하고 평온하게 잠들 수 있단다. 너라면 나를 도와줄 수 있겠구나. 네가 죽음의 집 문을 열어다오. 넌 언제나 사랑이 가득한 아이니까. 사랑은 죽음보다 강하거든."

버지니아는 온몸을 부르르 떨었다. 차가운 전율이 온몸을 스치고 지나갔다. 잠시 침묵이 이어졌다. 버지니아는 끔찍한 악몽을 꾸는 기분이었다.

잠시 후 유령이 다시 입을 열었다. 그 목소리는 차가운 바람의 한숨 같았다. "서재 창문에 적힌 오래된 예언을 읽어본 적

있니?"

"네, 아주 많아요." 작은 소녀가 큰 소리로 답하며 그를 쳐다
보았다. "거의 외울 정도예요. 검은 글자로 이상하게 적혀 있
어서 처음에는 읽기가 쉽지는 않았지만요. 그래도 여섯 줄밖
에 안 되던걸요."

금빛 소녀가 죄인의 입술에서
진실한 기도가 나오게 하고
불모의 열매에 씨앗이 맺히는 날
어린아이가 눈물을 흘려줄 때
비로소 온 집 안에 고요가 찾아오고
캔터빌에 평화가 깃들리라.

"그런데 무슨 뜻인지는 몰라요."

"그건 말이다." 유령이 슬픈 목소리로 말했다. "내가 죄를 뉘
우칠 때 네가 함께 눈물을 흘려주어야 한다는 뜻이야. 난 눈물
을 흘릴 수 없거든. 그리고 내 영혼을 위해서 네가 기도해 주
어야 한다는 뜻이기도 하지. 난 믿음이 없으니까. 만약 네가

착하고 친절을 베풀며 살아왔다면 죽음의 천사가 나에게 자비를 베풀어줄 거란다. 그러나 그 전에 넌 시커먼 어둠 속에서 무서운 형체들을 볼 테고, 사악한 목소리가 네 귓가에 대고 속삭일 거야. 하지만 제아무리 지옥의 힘이라도 어린아이의 순수함을 이길 수는 없으므로 너한테 해를 끼치진 못할 거야."

버지니아는 아무 대답도 하지 않았다. 유령은 자기 앞에 고개를 숙인 금빛 머리카락의 소녀를 보면서 절망에 빠져 두 손을 꽉 움켜잡았다. 순간 버지니아가 벌떡 일어났다. 얼굴은 창백하고 눈빛은 심상치 않았다. 그러고는 단호하게 말했다. "하나도 겁나지 않아요. 제가 죽음의 천사에게 자비를 베풀어달라고 부탁할게요."

유령은 기쁨의 탄성을 내뱉으며 자리에서 일어났다. 그는 예법에 따라 우아하게 허리를 숙이고는 버지니아의 손등에 입을 맞추었다. 유령의 손가락은 얼음처럼 차가웠지만 입술은 불처럼 뜨거웠다. 그렇지만 버지니아의 결심은 흔들리지 않았다. 캔터빌의 유령은 소녀의 손을 잡고 어스름한 방 안을 가로질렀다. 빛바랜 초록색 벽걸이에 장식된 작은 사냥꾼들이 술이 달린 나팔을 불고 조그만 손을 흔들며 버지니아에게 돌아가라고 손짓을 했다. "돌아가! 버지니아." 사냥꾼들이 외쳤다. "돌아가!" 하지만 유령이 소녀의 손을 강하게 움켜쥐었고, 버지니아는 사냥꾼들을 보지 않으려고 두 눈을 꼭 감았다. 벽난로 위 선반에 새겨진 짐승들도 버지니아를 향해 중얼거렸다. 도마뱀 꼬리를 달고 눈알은 튀어나온 끔찍한 형상으로 "조심해! 버지니아, 조심해! 다시는 돌아오지 못할지도 몰라."라고 말했다. 하지만 유령은 더욱 빠르게 움직였고, 버지니아는 귀를 닫아 버렸다. 방 끝자락에 도착하자, 유령이 걸음을 멈추고 뜻을 알 수 없는 단어들을 중얼거렸다. 버지니아가 눈을 뜨자 눈앞에 있던 벽이 안개처럼 서서히 흐려지면서 커다랗고 검은 동굴이 나타났다. 매섭고 차가운 바람이 불어왔다. 그리고 무언가가 그녀의 옷을 잡아당기는 것 같았다. "서둘러, 서둘러야 돼." 유령이 외쳤다. "이러다 늦을지도 몰라." 잠시 후 버지니아의 등 뒤로 징두리 벽이 굳게 닫혔고 '벽걸이 방'은 텅 비게 되었다.

VI

　10분이 지나고 티타임을 알리는 종소리가 울렸다. 그러나 버지니아가 내려오지 않자 오티스 부인은 하인을 위층으로 보냈다. 잠시 후 돌아온 하인은 버지니아가 보이지 않는다고 말했다. 오티스 부인은 대수롭지 않게 여겼다. 버지니아는 날마다 저녁 식탁에 놓을 꽃을 꺾으러 정원에 나가는 습관이 있었기 때문이다. 하지만 저녁 6시가 되어도 버지니아가 나타나지 않자 모두들 초조해했다. 오티스 부인은 아들 셋을 밖으로 보내서 버지니아를 찾도록 하고 자신은 남편과 함께 저택의 모든 방 안을 샅샅이 뒤졌다. 30분이 지난 뒤 아들 셋이 돌아와 어디를 찾아봐도 버지니아의 흔적을 발견하지 못했다고 말했다. 그제야 온 가족은 매우 당황하며 어찌할 바를 몰랐다. 순간 오티스는 며칠 전 집시 무리에게 공원에서 야영을 해도 좋다고 허락한 것이 떠올랐다. 오티스는 곧바로 장남 워싱턴과 하인 둘을 대동하고 집시들이 야영을 하고 있는 블랙펠 홀로로 찾아갔다. 버지니아 걱정으로 미칠 것 같은 체셔 공작이 따라가겠다고 간청했지만, 오티스는 허락하지 않았다. 혹여 집시들과 실랑이라도 벌일까봐 염려됐기 때문이다. 하지만 야영지에 도착해 보니 집시들은 보이지 않았다. 급하게 떠났는지 모닥불의 불씨만 남아 있고 접시들도 잔디 위에 나동그라져 있었다. 오티스는 장남과 하인 둘에게 주변을 샅샅이 뒤져 보라고 말한 뒤 집으로 돌아왔다. 그리고 근교 모든 경찰서 경감에게 황급히 전보를 쳤다. 거리의 부랑자나 집시들에게 납치당한 어린 소녀를 찾아 달라는 내용이었다. 그다음 아내와 쌍둥이와 체셔 공작에게 저녁을 먹으라고 이르고는 마부를 대동하고 애스컷 도로를 달렸다. 3킬로미터쯤 갔을까, 뒤쪽에서 요란한 말발굽 소리가 들렸다. 고개를 돌아보니 어린 공작이 조랑말을 끌고 쫓아오고 있었다. 모자를 쓰지 않아 얼굴이 붉게 상기되어 있었다. "오티스 씨, 제 무례함을 용서해 주십시오." 청년이 헐떡거리며 말했다. "버지니아가 실종된 마당에 어떻게 저녁을 먹겠습니까? 제발 역정을 내지 마십시오. 작년에 저희를 약혼시켜 주셨으면 이런 일은 없었을 겁니다. 설마 저를 돌려보내시지는 않으시겠죠? 저는 절대로 못 갑니다! 아니, 안 갈 겁니다!"

오티스 목사는 개구쟁이처럼 떼를 쓰는 공작의 모습에 미소가 절로 나왔다. 이토록 버지니아를 걱정하다니, 가슴 한편이 뭉클해졌다. 목사는 말에서 몸을 숙여 공작의 어깨를 다정하게 다독였다. "그래, 죽어도 안 간다니 나랑 같이 가는 수밖에. 애스컷에 도착하면 먼저 모자부터 하나 사야겠다."

"오, 모자라뇨! 제가 원하는 건 버지니아뿐입니다!" 체셔 공작이 웃으며 외쳤다. 그들은 기차역으로 향했다. 기차역에 도착한 오티스는 역장을 찾아가서 버지니아의 생김새를 설명하며 혹시 플랫폼에서 이런 아이를 본 적이 있느냐고 물었다. 하지만 이렇다 할 대답은 듣지 못했다. 역장은 상행선과 하행선 모든 기차역에 전보를 치고 그와 비슷한 아이가 있는지 예의 주시하겠노라고 단단히 약속했다. 오티스는 막 문을 닫으려던 포목점에서 젊은 공작이 쓸 모자 하나를 산 다음, 6킬로미터쯤 떨어진 벡슬리 마을을 향해 말을 달렸다. 그 옆에 있는 넓은 공유지에서 집시들이 자주 야영을 한다고 들었기 때문이다. 하지만 꾸벅꾸벅 졸던 시골 경찰을 깨워 물어도 제대로 된 소식은 듣지 못했다. 어쩔 수 없이 말 위에서 공유지를 돌아보기만 하고 말머리를 돌려야 했다. 저택에 도착했을 때는 밤 11시 무렵이었다. 그들은 모두 탈진했고 마음은 무거웠다. 사방이 칠흑같이 어두워 워싱턴과 쌍둥이 형제가 랜턴을 들고 길가에 나와 그들을 기다리고 있었다. 다른 가족들도 버지니아의 흔적을 찾지 못했다. 브로클리 목초지에서 집시들을 발견했지만 버지니아는 그곳에 없었다. 집시들은 초튼에서 열리는 축제 날짜를 혼동하는 바람에 늦을까봐 서둘러 떠난 것이라 해명했다. 게다가 버지니아 소식을 듣고 매우 걱정했다. 공원에서 야영할 수 있게 허락해준 오티스가 고마웠기 때문이다. 집시들 중 네 명은 수색을 돕기도 했다. 잉어 연못 바닥까지 살펴볼 정도로 캔터빌 저택 주변을 뒤졌지만 아무런 소득도 없었다. 버지니아의 행적은 그 어디에도 남아 있지 않았다. 오티스와 남자 아이들은 깊은 시름에 잠겨 집으로 돌아왔다. 뒤에서 마부가 말두 마리와 조랑말 한 마리를 이끌고 따라왔다. 현관에는 하인들이 겁먹은 표정으로 모여 있었고, 서재 소파에는 가엾은 오티스 부인이 불안과 공포에 질린 채로 누워 있었다. 옆에서 나이 든 가정부가 화장수를 적신 솜으로 오티스 부인의 이마를 닦아 주었다. 오티스는 아내에게 뭐 좀 먹어야 한다고 말한 뒤식구들을 모두 불러 식탁에 앉혔다. 아무도 입을 열지 않을 만큼 우울한 저녁 식사였다. 쌍둥이 형제들은 평소 누나를 매우 따랐기에 잔뜩 풀이 죽어 있었다. 체셔 공작이 더 찾아보겠다고 했지만 오티스는 밤이 늦어 달리 도리가 없으니 모든 가족에게 잠자리에 들라고 명령했다. 그러면서 내일 아침 일찍 런던 경찰국에 형사를 급파해 달라는 전보를 보낼 거라고도 했다. 그리고 식탁에서 일어나려 하는데 시계탑에서 자정을 알리는 종소리가 울렸다. 마지막 종소리가 나는 동시에 쿵 하는 소리와 날카로운 비명이 들렸다. 무시무시한 천둥이 내리쳐 온 집 안을 뒤흔들었다. 섬뜩한 소리도 나더니 계단 꼭대기에 있던 판자가 뒤로 날아갔다. 그리고 핏기 없이 창백해진 얼굴의 버지니아가 작은 장식함을 들고 계단 아래로 걸어 내려왔다. 모든 사람들이 버지니아를 향해 달려갔다. 오티스 부인은 격렬하게 딸을 끌어안았고, 체셔 공작은 뜨거운 키스를 퍼부었다. 쌍둥이는 흥겹게 춤을 췄다.

"하느님, 감사합니다! 얘야, 대체 어디 갔던 거니?" 오티스가 다소 화난 목소리로 물었다. 버지니아가 가족을 놀래키려고 장난을 친 것이라 생각했기 때문이다. "체셔 공작과 말을 타고 온 사방을 뒤지고 다녔단다. 네 엄마는 놀라서 실신 직전까지 갔고. 다시는 이런 고약한 장난을 치지 마렴."

"장난은 유령한테 쳐야지! 유령한테!" 쌍둥이들이 주변을 폴짝거리며 시끄럽게 외쳤다.

"우리 사랑스러운 딸, 어쨌든 다시 찾았으니 다행이구나. 다시는 엄마 곁을 떠나면 안 돼." 오티스 부인이 바들바들 떨고 있는 딸아이에게 입을 맞추고 헝클어진 금빛 머리를 쓸어내려 주며 말했다.

"아빠." 버지니아가 조용히 입을 뗐다. "사실은 유령이랑 함께 있었어요. 이제 유령은 사라졌어요. 가서 확인해 보셔도 돼요. 그동안 했던 나쁜 짓을 진심으로 뉘우쳤거든요. 그리고 죽기 전에 아름다운 보석이 담긴 장식함을 저한테 주었어요."

가족들은 어안이 벙벙해져서 버지니아를 멍하니 쳐다보았다. 버지니아는 진지하고 차분했다. 그리고 몸을 돌려 가족들을 이끌고 징두리 벽이 뚫린 사이에 드러난 좁은 비밀 통로를 향해 앞장서 걸었다. 워싱턴은 테이블 위에 있던 촛불을 들고 뒤를 따라갔다. 마침내 오크나무로 된 커다란 문에 도착했다. 문에는 벌겋게 녹이 슨 못들이 박혀 있었다. 버지니아의 손이 닿자, 문이 열리면서 천장이 낮은 작은 방이 나왔다. 아치형의 천장 아래에는 쇠창살이 달린 조그만 창문이 있었다. 그리고 벽에 달린 거대한 쇠고리에 뼈만
앙상하게 남은 해골이 매달려 있었
다. 해골은 손에 닿을 듯 말 듯한 곳에
놓인 오래된 나무 접시와 물병을 잡으
려고 안간힘을 쓰다가 죽은 모양이었다. 물병 안에 초록색 이
끼가 있는 걸 보니, 물이 들어 있던 게 분명했다. 나무 접시 위
에는 먼지만 잔뜩 쌓여 있었다. 버지니아는 해골 옆에 무릎을
꿇고 앉아서 작은 두 손을 모으고 조용히 기도했다. 가족은 그
들 앞에 펼쳐진 끔찍한 비극의 현장을 바라보며 놀라움을 금
치 못했다.

"저것 보세요!" 이 방이 저택 어느 쪽에 있는지 확인하게 위
해서 창밖을 내다보던 쌍둥이 하나가 소리쳤다. "저기요! 바
짝 말라붙었던 나무에 꽃이 피었어요. 달빛이 비춰서 꽃망울
이 똑똑히 보여요."

"하느님이 할아버지를 용서하셨나 봐요." 버지니아가 엄숙
한 목소리로 말하고 자리에서 일어났다. 그녀의 얼굴에서 아
름다운 광채가 뿜어져 나오는 것 같았다.

"당신은 정말 천사야!" 젊은 공작이 이렇게 외치고는 한쪽

팔로 그녀의 목을 끌어안고 키스했다.

Ⅶ

그 기묘한 사건이 일어나고 나흘째 되던 날 밤 11시 정각에 캔터빌 저택에서 장례식이 거행되었다. 검은 말 여덟 마리가 영구차를 끌었고, 말굴레에는 타조 깃털이 한 다발씩 달려 있었다. 납으로 만든 관에는 황금색으로 캔터빌 가문의 문장이 새겨진 자주색 천이 씌워져 있었다. 횃불을 들고 영구차와 마차 주위를 걷는 하인들의 행렬은 매우 인상적이었다. 캔터빌 경도 장례식의 상주를 맡기 위해서 웨일스에서 급히 왔다. 그는 어린 버지니아와 함께 첫 번째 마차에 탔다. 그 뒤로 미합중국 목사 부부가 탄 마차, 워싱턴과 쌍둥이와 체셔 공작이 탄 마차, 마지막에는 엄니 부인이 탄 마차가 줄을 이었다. 엄니 부인은 지난 50년 동안 유령에 시달리며 살아왔기 때문에 충분히 장례식에 참여할 권리가 있었다. 교회 묘지 구석 늙은 주목이 있는 자리에 무덤을 팠다. 오거스터스 댐피어 신부가 장례 미사를 주관했다. 장례식이 끝나자 하인들은 캔터빌 가문의 전통에 따라서 횃불을 껐고, 하관을 마치자 버지니아가 하얀색과 분홍색 꽃으로 만든 커다란 십자가를 관 위에 올렸다. 그러자 구름 뒤에 숨어 있던 달이 얼굴을 내밀고 교회 묘지 위를 은빛으로 물들였다. 저 멀리 숲에서 나이팅게일의 노랫소리가 들렸다. 버지니아의 머릿속에 언젠가 유령이 이야기했던 죽음의 정원이 떠올랐다. 순간 눈가에 뜨거운 눈물이 차올랐다. 버지니아는 집으로 돌아오는 내내 한마디도 하지 않았다.

다음 날 아침 오티스는 런던으로 떠나는 캔터빌 경에게 유령이 버지니아에게 준 보석에 관해 의논했다. 하나같이 진귀한 보석들이었다. 특히 옛 베네치아 방식으로 세공한 루비 목걸이는 16세기 예술품의 최고봉이라 불러도 손색이 없을 만큼 훌륭했다. 하지만 워낙 값비싼 물건인 것 같아 선뜻 딸아이에게 가지라고 할 수 없었다.

"캔터빌 경, 영국에서는 토지뿐 아니라 이런 보석에도 소유권이 있는 것으로 압니다. 이 보석들은 명백히 캔터빌 가문의 가보입니다. 아니, 그래야 마땅하지요. 따라서 캔터빌 경이 이 보석을 가지셔야 한다고 생각합니다. 과정은 기묘했지만, 되찾은 가문의 재산이라고 생각하시면 될 것 같습니다.

제 딸아이는 아직 어려서 보석 같은 사치품에 전혀 관심이 없습니다. 제 아내도 예술 쪽에 조예가 깊은 편이 아니고요. 다만 그 사람이 어릴 적 보스턴에서 겨울을 보내며 생긴 아주 짧은 식견으로 보건대 이 보석들은 굉장한 가치를 가지고 있다고 합니다. 팔려고만 하면 꽤 높은 가격을 받을 거라고 하더군요. 아무튼 캔터빌 경께서 우리 가족이 이런 귀한 보석을 소유할 수 없다는 것을 이해해 주시길 바랍니다. 사실 영국 귀족들에게는 이런 장식품과 장난감들이 위엄을 갖추기 위해 필요할수도 있지만, 냉혹한 환경에서 자란 우리 같은 사람들에게는 어울리지 않습니다. 저는 공화주의의 소박함을 엄격하게 지키는 사람입니다. 하지만 버지니아가 그 장식함만큼은 꼭 간직하고 싶어 한다고 말씀드리고 싶군요. 캔터빌 경의 불행한 선조를 기억하기 위해서 말입니다. 워낙 오래된 물건이고 수리하기도 힘든 상태이니 딸아이의 간곡한 바람을 허락해 주셔도 괜찮지 않을까 싶습니다. 사실 저로서는 어린 딸아이가 중세 시대의 양식에 공감한다는 것이 놀랍기만 합니다. 아마 제 아내가 아테네 여행을 마치고 돌아와, 런던 교외에서 버지니아를 낳았기 때문이 아닌가 싶습니다.”

캔터빌 경은 오티스 목사의 훌륭한 제안을 경청하다가 회색 콧수염을 잡아당기며 자기도 모르게 미소를 지었다. 오티스의 말이 끝나자, 캔터빌 경은 다정하게 그의 손을 잡으며 이렇게 말했다. "오티스 목사님, 목사님의 예쁘고 착한 따님이 제 불행한 선조 사이먼 경에게 너무나 큰 친절을 베풀어 주었습니다. 저와 가족들은 따님의 엄청난 용기와 결단력에 크게 빚을 진 셈이지요. 그 보석들은 따님의 것입니다. 제가 감히 그 보석들을 가져간다면, 2주 후에 그 사악한 조상님이 무덤에서 나와 저에게 지옥 같은 삶을 선사할 겁니다. 그리고 유언장과 법적 문서에 명시하지 않은 것은 가보로 치지 않습니다. 저희는 이런 보석의 존재조차 알지 못했고요. 그러니 저는 이 보석에 대한 소유권을 주장할 권리가 없습니다. 목사님 댁의 집사만큼이나요. 후에 따님이 자라면 이 보석으로 아름답게 치장할 수 있다는 사실을 기뻐할 겁니다. 오티스 목사님, 잊으신 모양이군요. 시세대로 저택에 있는 가구와 유령을 전부 구매하셨잖아요. 그러니 유령이 준 물건 역시 목사님의 소유입니다. 사이먼 경이 밤마다 복도에서 어떤 행동을 했건, 법적으로 사망한 것이 분명합니다. 그러니까 그분이 남긴 물건 모두 목사님이 구매한 것이지요."

　오티스는 낙심하여 캔터빌 경에게 다시 한 번 재고해 주길 요청했지만, 선한 심성을 타고난 귀족의 마음을 돌릴 수 없었다. 결국 목사는 딸아이가 유령이 준 선물을 가지도록 허락했다. 1890년 봄 버지니아는 젊은 체서 공작과 결혼을 했다. 그리고 여왕의 제1응접실에 앉아 있을 때 버지니아의 보석을 본 모든 사람들이 감탄을 금치 못했다. 버지니아는 성년이 되자마자 결혼하여 귀족이 되었으니 착한 미국 소녀가 받아야 할 상은 전부 받은 셈이었다. 두 사람 모두 매력적이고 서로를 아낌없이 사랑했기 때문에 모두들 젊은 부부의 결혼을 기뻐했다. 다만 늙은 덤블턴 후작 부인과 오티스는 예외였다. 덤블턴 후작 부인은 시집 못 간 일곱 딸 중 하나와 체서 공작을 혼인시킬 요량으로 세 번이나 성대한 만찬을 열었기 때문이다. 오티스는 개인적으로 젊은 공작을 아꼈지만 귀족 계급제에 반대했기 때문이다. 목사의 말을 빌리면 "쾌락을 사랑하는 귀족의 영향력이 혹여 공화주의의 소박함에까지 미칠까 염려가 되었기" 때문이다. 사실 오티스의 반대는 무의미했다. 그는 사랑하는 딸아이와 팔짱을 끼고 하노버 광장의 세인트 조지 성당

통로를 걸어갈 때 영국의 어느 누구보다 자부심에 차있었기 때문이다.

공작과 공작 부인은 신혼여행을 마치고 캔터빌로 돌아왔다. 다음 날 오후 부부는 소나무 옆에 있는 황량한 교회 묘지로 산책을 나섰다. 처음에는 사이먼 경의 묘비에 어떤 문구를 새겨야 할지 고민이 많았다. 결국은 간단히 유령의 머릿글자와 서재 창문에 적힌 문구를 새겼다. 체셔 공작 부인은 무덤가에 아름다운 장미꽃을 뿌렸다. 그리고 잠시 묘지 앞에 서있다가 거의 폐허가 되어 버린 수도원의 제단까지 천천히 걸어갔다. 쓰러진 기둥 위에 아내가 앉자 남편은 발치에서 담배를 피우며 아내의 아름다운 눈동자를 바라보았다. 갑자기 공작이 담배를 집어던지더니 아내의 손을 잡으며 이렇게 말했다. "버지니아, 아내는 남편에게 비밀을 가져서는 안 돼."

"여보! 난 비밀 같은 거 없어요."

"아니, 있어." 공작이 미소를 지으며 말했다. "유령과 함께 벽 속에 갇혀 있을 때 어떤 일이 있었는지 말하지 않았잖아."

"그건 아무한테도 말하지 않았는걸요." 버지니아가 진지한 표정으로 답했다.

"알아. 하지만 나한테는 말해도 되잖아."

"여보, 그런 부탁은 하지 말아요. 그건 말할 수 없어요. 불쌍한 사이먼 경! 난 그분에게 큰 신세를 졌어요. 진짜니까 웃지 말아요. 정말 그렇다니까요. 그분 덕분에 삶과 죽음이 무엇인지, 왜 사랑이 삶과 죽음보다 강한지를 깨달았으니까요."

공작은 자리에서 일어나 아내에게 사랑이 가득 담긴 키스를 퍼부었다.

"내가 당신의 마음을 가지고 있는 동안은 그 비밀을 간직해도 좋아." 공작이 나지막이 말했다

"여보, 내 마음은 언제나 당신 거예요."

"언젠가 태어날 아이들한테는 말해 주겠지?"

버지니아가 얼굴을 붉혔다.

알퐁스 도데 1840-1897

남프랑스 니므에서 태어났다. 청소년 시절 가업이 파산하여 다니던 학교를 중퇴하고 중학교 사환으로 일했다. 1857년 형이 있는 파리에 가서 지내다가 시집 『연인들』로 문단 활동을 시작했다. 1870년 소설 「별」이 실린 단편집 『방앗간 소식』을 발표하여 유명해졌다. 이외에도 「마지막 수업」이 실린 『월요이야기』(1873), 『사포』(1884) 등 서정적인 작품들을 다수 남겼다. 플로베르, 졸라, E.콩쿠르 등과 친하게 지내다가 파리에서 생애를 마쳤다.

오 헨리 1862-1910

본명은 윌리엄 시드니 포터. 미국 노스캐롤라이나 주에서 내과 의사의 셋째 아들로 태어났다. 오 헨리는 텍사스 주에서 은행원으로 일하다 공금 횡령 혐의로 체포되어 3년 동안 교도소에서 복역했다. 출소 이후 본격적으로 여러 잡지에 작품을 발표하기 시작하며 『서부의 마음』(1907), 『운명의 길』(1909) 등 다수의 단편집을 남겼다. 1910년 6월 평소 앓던 폐결핵이 악화되어 세상을 떠났다.

프랜시스 스콧 피츠제럴드 1896-1940

미국 미네소타에서 태어났다. 제1차 세계 대전 당시 육군 소위로 참전했다가 제대 후 광고 회사에 취직하지만 미래가 불확실하다는 이유로 결혼을 약속했었던 젤더로부터 파혼당한다. 이후 직장을 그만두고 글쓰기에 몰두한 끝에 자전 소설 『낙원의 이쪽』(1920)을 발표하여 성공한다. 이후 피츠제럴드는 젤더와 결혼하여 호화롭고 방탕한 생활을 이어 나간다. 하지만 연이은 작품 판매 부진으로 경제적 어려움에 시달리다가 1940년 12월 심장 마비로 사망한다. 그의 대표작 『위대한 개츠비』(1925)는 발표 초기에 판매 실적이 높지 않았으나 그의 사후에 재조명되며 많은 사람들에게서 사랑받고 있다.

기 드 모파상 1850-1893

프랑스 노르망디의 미로메닐에서 태어났다. 어린 시절부터 어머니의 친구였던 G.플로베르로부터 문학을 지도받고, 플로베르의 소개로 E.졸라를 알게 되는 등 문학적 자극을 받으면서 자랐다. 1883년에 발표한 장편 소설 『여자의 일생』은 플로베르의 『보바리 부인』(1856)과 함께 프랑스 사실주의 문학 중 대표 작품으로 평가받는다. 이외에도 10년간의 문단 생활에서 약 300편의 단편 소설뿐만 아니라, 기행문, 시집, 희곡, 장편 소설 등 활발히 활동을 하여 작가로서의 명성을 굳혀 나갔다. 1892년 니스에서 자살을 기도하여 파리 교외의 정신 병원에 수용되었으나 이듬해 43세의 나이로 일생을 마쳤다.

오스카 와일드 1854-1900

아일랜드 더블린에서 안과 의사이자 고고학자인 아버지와 성공한 시인인 어머니 사이에서 태어났다. 옥스퍼드 대학 시절부터 벨벳 재킷과 검은 비단 양말을 착용하거나 화려한 색깔의 옷차림에 초록색 꽃을 꽂는 식의 튀는 차림으로 사교계에 이름을 날렸다. 1888년에는 동화 중의 걸작으로 평가받는 단편집 『행복한 왕자』를, 1891년에는 유일한 장편 소설 『도리언 그레이의 초상』을 발표했다. 이외에도 『윈더미어 부인의 부채』(1892), 『이상적인 남편』(1895) 등의 희곡으로도 큰 성공을 거두었다. 하지만 남색 혐의로 고소를 당하면서 파산과 동시에 교도소에 수감된다. 출소 후 영국에서 추방되어 프랑스와 이탈리아를 떠돌다가 1900년 파리에서 쓸쓸히 생을 마쳤다.

옮긴이

박효은

덕성여자대학교에서 불어불문학과 미술사학을 전공하고 이화여자대학교 통역번역대학원에서 한불번역학 석사 학위를 받았다. 현재는 출판 번역 에이전시 베네트랜스에서 번역가로 활발히 활동 중이다. 옮긴 책으로는 『행복한 사람들은 무엇이 다른가』, 『어린왕자』 등이 있다.

정윤희

서울여자대학교 영문과 번역학 박사 과정을 수료하고, 현재 세종대학교, 청강문화산업대학교, 서울디지털대학교, 한국사이버대학교, EBS에서 영어, 소설 번역, 영상 번역, 영문학 등을 강의하고 있다. EBS, OnStyle, MGM, 하나TV 등 공중파 및 케이블 채널과 소니, 디즈니, CJ엔터테인먼트 등에서 개봉관 외화 번역가와 영화제 번역가로 활동했으며, 현재 번역 에이전시 엔터스코리아에서 출판 번역 작가로 활동하고 있다. 주요 역서로는 『세네카의 화 다스리기』, 『스노우 화이트 앤 더 헌츠맨』, 『실버라이닝 플레이북』, 『악어와 레슬링하기』 등이 있다.

그린이 김지혁

감성적이고 테마가 있는 그림에 매료되어 그림을 시작한 프리랜서 일러스트레이터. 트렌드에 맞춰 그리기보다 공간과 빛 그리고 이야기를 담는 일러스트로 많은 사랑을 받고 있다. 웹사이트, 책표지, 잡지 광고 등 여러 분야에서 활동하고 있고, 일러스트레이터로는 드물게 칼럼과 에세이 작업도 하고 있다. 『경청』, 『원거리 연애』, 『나비지뢰』, 『여자, 독하지 않아도 괜찮아』, 『그녀들은 어떻게 다 가졌을까』, 『스페인 너는 자유다』 등의 일러스트를 작업했으며, 그밖에 웅진코웨이, SK텔레콤, 롯데마트, Hazzys, KB카드 등 다수 기업의 일러스트를 진행했다. http://www.hanuol.com

별 아름다운고전시리즈 24

지은이 | 알퐁스 도데 외   **옮긴이** | 박효은 · 정윤희   **그린이** | 김지혁
펴낸이 | 김종길   **펴낸 곳** | 인디고

출판등록 | 1998년 12월 30일 제2013-000314호   **주소** | (04209) 서울시 마포구 월드컵로8길 41 (서교동483-9)
홈페이지 | indigostory.co.kr   **전화** | (02)998-7030   **팩스** | (02)998-7924
이메일 | geuldam4u@geuldam.com   **블로그** | blog.naver.com/geuldam4u
페이스북 | www.facebook.com/geuldam4u
초판 1쇄 발행 | 2016년 11월 10일   **초판 8쇄 발행** | 2023년 11월 15일   **정가** | 13,800원
ISBN 979-11-5935-009-2 03800

이 도서의 국립중앙도서관 출판시도서목록(CIP)은 e-CIP홈페이지(http://www.nl.go.kr/ecip)와
국가자료공동목록시스템(http://www.nl.go.kr/kolisnet)에서 이용하실 수 있습니다.(CIP제어번호 : CIP2016026362)